전 은 재 선생님께 ♡

참으로
귀한 인연입니다?

작가 정찬주

2023. 10. 17.

엄마의 팬클럽

엄마의 팬클럽

정란희 글
처음 펴낸날 | 2011년 4월 14일
8쇄 찍은날 | 2020년 6월 5일
8쇄 펴낸날 | 2020년 6월 12일
펴낸이 | 박봉서
펴낸곳 | (주)크레용하우스
출판등록 | 제5-80호
주소 | 서울 광진구 천호대로 709-9
전화 | (02)3436-1711
팩스 | (02)3436-1410
홈페이지 | www.crayonhouse.co.kr
이메일 | crayon@crayonhouse.co.kr

글 ⓒ 정란희 2011
이 책에 실린 글과 그림은 무단 전재 및 무단 복제할 수 없습니다.

ISBN 978-89-5547-240-0 44810

엄마의 팬클럽

정란희 글

크레용하우스

작가의 말

서로에게 진실한 팬클럽이 되어 주길 바라며

1

네 살배기 딸과 엄마의 밥상머리 대화다.

> 엄마 : 우리 딸, 멸치를 많이 먹어야 해. 그래야 뼈가 튼튼하지.
> 딸 : 알았어요.
> 엄마 : 맛있지?
> 딸 : 네, 뼈가 튼튼해지면 엄마처럼 클 수 있어요?
> 엄마 : 아니, 엄마보다 훨씬 더 커야지.

십 년 후, 대화는 이렇게 달라졌다.

> 엄마 : 멸치볶음이야. 먹어 봐, 맛있어!

딸 : 됐어요.
엄마 : 일단 한번 먹어 봐. 엄마가 너 주려고 만든 거야.
딸 : 됐다고요. 오늘 급식에서도 먹었거든요.

십 년 동안, 참 많이도 변했다. 외모, 목소리 그리고 꿈, 심지어는 좋아하는 음식까지 바뀌었다. 그러나 십 년 동안 여전히 변하지 않은 것이 있다. 부모는 자식을, 자식은 부모를 서로 사랑하고 있다는 것이다. 그 사랑을 표현하는 방법이 조금 달라졌을 뿐이다.

2

요즘 나는 궁금한 게 아주 많다. 우리 아이가 어떤 음악을 좋아하고, 옆집 아이가 누굴 만나고 싶어하는지, 뒷집 아이 엄마가 무슨 책을 읽는지도 궁금하다. 아이들이 어떤 꿈을 꾸는지도 몹시 궁금하고, 그들이 엄마에게 혹은 딸에게 가짜 얼굴 말고 진짜 얼굴을 보여 주고 사는지도 궁금하다. 어쩌면 이런 궁금증들이 이 작품을 쓰게 했는지도 모르겠다.

여기 사랑 표현에 서투른 모녀가 있다. 자신의 세계에 너무

충실하다 보니 딸의 아픔을 보지 못하는 뮤지컬 배우인 엄마가 있고, 미혼모에 대한 사회적 편견 속에서 꿋꿋하고 씩씩하게 자신을 키우는 엄마의 아픔을 애써 못 본 체하는 딸도 있다. 이들은 사랑과 용기, 미움과 섭섭함이 회오리바람처럼 한데 얽히고설켜 있는 생활을 한다. 그리고 자신을 따뜻한 눈으로 바라봐 주지 않는다고 속상해한다.

"나는 내 딸(엄마)을 응원하고 지지해!"

한마디 말이면 될 것을 애써 자신들에게 일어난 일들이 아닌 것처럼 생각하고 어물쩍 넘어가려 한다. 엄마와 딸이 자꾸만 외면하려 하는, 이렇게 주고도 아픈, 받고도 갈증 나는 상황에서부터 모든 갈등은 시작되었던 것이다. 하지만 자생력을 가진 나무처럼 그들은 부대끼면서도 서서히 성장하며 일어선다.

이 작품을 모두 읽고 나면 독자들은 알게 될 것이다.

한 아이가 태어나고 자라기 위해선 많은 이들의 희생과 사랑이 필요하다는 것을. 하지만 그것은 아침이 가면 한낮이 오는 것처럼 당연한 것이 아니라 많은 이들의 배려이고 아픔이며 노력의 결과였다는 것을 말이다. 봉우리네 엄마처럼 생계와 양육을 모두 책임져야 하는 한부모가정일 경우에는 더욱 그렇다.

  그런데 이쯤에서 나는 청소년 독자들에게 한 가지 비밀을 알려주려고 한다.

  태어날 때부터 모성 본능이 강한 엄마도, 학습을 통해 모성애가 강해진 엄마도, 무엇이든 드러내는 데 서투른 엄마도, 사실 알고 보면 스쳐 가는 바람에도 왈칵 눈물을 쏟아 낼 만큼 약한 마음을 가졌다는 것, 그리고 아이를 키우면서 엄마 또한 성장한다는 것이다. 양분을 제때 만들어 내지 못하면 시들해지는 식물처럼 자식이 행복하지 못하면 엄마의 마음 또한 수수깡처럼 비어 버린다는 것이다. 그러니 부디 완전하지 못한 서로의 마음을 채워 주며 사랑하며 살길 바란다.

  끝으로 서로를 위해 최선을 다하지만 그것이 결국 불협화음이 되어 버리는 이 시대의 모든 엄마와 딸들에게 이 작품을 바친다.

아름다운 봄 연희문학창작촌에서

정란희

차례

엄마는 엑스트라 전문 배우 … 10

말할 수 없는 비밀 … 22

우리 엄마는 황진이다 … 38

말하고 싶은 비밀 … 56

손톱 … 65

아빠 상상 놀이 … 83

엄마의 팬클럽 … 98

왕따 … 119

세상에서 가장 아름다운 공연 … 137

나의 스타께 드리는 선물 … 157

엄마는 엑스트라 전문 배우

　냄비 뚜껑을 열었더니 뜨거운 김이 얼굴에 확 끼쳤다. 꼬들꼬들한 라면발이 덩어리째 국물 속에 담겨 있었다. 다소곳하게 자리를 잡은 라면발을 젓가락으로 휘저었다. 달걀과 파 조각들이 젓가락 끝에 감기더니 맛있는 냄새를 한껏 피워 올렸다. 이렇게 설익었을 때 가스 불을 꺼야 라면발이 불지 않는다. 하도 많이 먹어 냄새만으로도 어느 회사의 무슨 라면인지를 단번에 알아챌 수 있는 내가 라면을 맛있게 끓이는 비법이다. 나는 세상에서 제일 싫은 게 불어 터진 라면을 먹는 거다.

젓가락으로 라면 가닥을 건져 올리고 입을 한껏 벌렸을 때였다. 하필 그때 전화벨이 울렸다.

"우리야, 엄만 회식이 있어서 좀 늦어. 그러니까 알아서 저녁 먹어."

엄마는 또 자기 할 말만 하고 뚝 끊었다. '응!'이라든가 '싫어!'라든가 무슨 대답이 딸한테서 나올지는 전혀 궁금해하지 않는다. 내 엄마는 그런 사람이다. 창밖을 슬쩍 내다보니 엄마 차가 집 앞에 세워져 있다. 차까지 놓고 아예 작정을 하고 나갔군. 차가 엄마라도 되는 양 쏘아보았다.

입맛이 확 달아나 버렸다. 나는 라면으로 끼니를 때우고 있는데 엄마는 식당에서 떡 벌어진 저녁상을 받을 것이다. 온갖 맛있는 음식을 먹으면서도 내 생각은 단 한 번도 안 하겠지. 나도 라면 말고 그런 거 먹고 싶은데……. 갑자기 라면이 늘어날 대로 늘어난 고무줄처럼 볼품없어지면서 딱 먹기 싫어졌다. 라면을 먹다 말고 냉장고를 뒤졌지만 나오는 건 없었다. 시어 빠진 김치와 언제 먹었는지도 모를 생선구이가 마치 모형 음식처럼 딱딱하게 말라비틀어져 있었다. 휴우, 한숨이 났다. 갓 지은 밥과 신선한 반찬을 끼니마다 먹는 건 바라지도 않는다. 내가 여태까지 얻은 생활의 지혜 중 가장 꼭대기에 있는 건 '상대를 보고 나서 바랄 걸 바라라는 것'이다. 다시 말해 누울 자리를 보고 다리를 뻗으라는 말이다.

딸의 초등학교 입학식 날, 라면 끓이는 법과 달걀 프라이 하는 법을 가르쳐 준 엄마에게 딸이 바랄 수 있는 건 별로 없었다. 뜨거운 냄비에 데어 손에 물집이 잡혀도 일회용 반창고를 찾아서 붙이라는 엄마한테 기대할 건 더욱 없었다. 하지만 안타깝게도 그때 나는 엄마바라기였다. 여덟 살배기 아이가 엄마의 손길을 벗어나 할 수 있는 일은 많지 않았다. 게다가 난 엄마랑 단둘이 살기 때문에 엄마 외에 내가 기댈 수 있는 다른 어른은 없었다.

그때도 지금처럼 빨리 어른이 되고 싶었다. 지긋지긋한 집구석과 더 지긋지긋한 엄마한테서 벗어나고 싶었다. 언젠가 미국의 유명한 여배우가 아이들을 입양한다는 기사를 읽고는 차라리 내가 입양되었으면 하고 바라기도 했다.

피부 색깔이 다른 아이들이 한데 어울려 세계적으로 잘나가는 엄마랑 사는 것도 꽤 괜찮은 일 같았다. 말이 좀 안 통하면 어떤가, 세계 공통어인 표정과 몸짓이란 게 있는데……

아무튼 예전이나 지금이나 내 보호자로 우리 엄마만 아니면 될 것 같다. 엄마의 '3무', 즉 무관심과 무개념, 무책임 속에서 일단 나를 건져 내고 싶다.

다른 아이들이 들으면 부러워서 죽을 뮤지컬 배우인 엄마. 하지만 우리 엄마는 늘 엑스트라다. 가끔은 행인이 되기도 하고, 나무가 되기도 하고, 흔들리는 풀 한 포기가 되기도 하는 엑스트라. 대사 한마디가 없을 때도 많았다. 그럴 때 엄마는 동작과 표정만 죽어라 연습했다. 나는 도무지 이해할 수 없었다. 잘 보이지도 않는 무대 구석탱이에서 어떤 표정을 짓든, 얼마나 공들여 동작을 하든 그게 무슨 대수란 말인가. 그깟 엑스트라를 맡았으면서도 연습이나 회식 자리에는 꼬박꼬박 나가는 엄마를 보며 '자존심'이란 말에 대해 생각했다.

나 같으면 정말 부끄럽고 창피해서 적당히 둘러대고 집으로 곧장 내뺐을 것이다. 함께 일하는 사람들이 코빼기라도 좀 보여 달라고 애원해도 나는 절대 나가지 않을 것이다. 자존심은 내 몸을 지탱하는 척추나 마찬가지니까 말이다.

아무리 애를 써도 이해되지 않는 엄마의 행동은 한두 가지가 아니다. 내가 어렸을 때 엄마는 자고 있는 나를 두고 밖에서 문을 잠근 채 밤새 연극 연습을 하고 돌아온 적도 있다. 그 기억은 가슴 한쪽에 단단하게 똬리를 틀고 앉아 시도 때도 없이 불끈불끈 엄마에 대한 원망을 불러일으키곤 한다.

예전에 내가 엄마한테 말했다.

"엄마, 엄마도 무대 가운데에서 크게 노래를 불러 봐. 나무 뒤에 자꾸 숨지 말고."

그랬더니 조금 발긋해진 얼굴로 엄마가 대답했다.

"으음, 뮤지컬에 나오는 사람들은 모두가 주연인 거야."

그때는 그냥 넘어갔지만 지금 와 생각해 보니 말도 안 되는 소리다. '세상은 꿈꾸는 자의 것'이란 말처럼 겉만 번지르르하지 아무런 알맹이가 없는 말이다. 경쟁에서 자꾸 지니까 '그래도 난 행복한 사람이야' 식으로 스스로 위로하는 소리다. 엑스트라의 변명은 정말 구질구질하다.

혼자서 숙제를 하고, 책을 읽고 텔레비전을 볼 때까지도 엄마는 들어오지 않았다. 나도 모르게 자꾸 벽시계에 눈이 갔다. 시곗바늘이 움직이면 움직일수록 내 속도 더 부글부글해졌다.

"우리야, 꿀물 좀 타 와."

언제 잠들었는지는 모르겠지만 엄마 목소리에 눈이 떠졌다.

벌써 아침이었다. 이어 안방 쪽에서 엄마의 앓는 소리도 들렸다. 어젯밤 회식에서 술을 엄청 마신 게 틀림없다. 술 마시고 골골댈 거면서 왜 마시는지 모르겠다. 이기지도 못하는 술을 왜 마시는 거야? 나는 할머니의 말을 흉내 내며 구시렁댔다. 그러고는 쌤통이다 싶어 못 들은 척 아무 대꾸도 하지 않았다.

이불 속에서 뭉그적대다가 몸을 일으켰다. 어제 읽다 말고 팽개쳐 둔 책을 찾아 거실로 나왔다. 내 발소리를 들은 엄마가 또 소리쳤다.

"우리야, 엄마 속 아파 죽겠어. 해장국 좀 끓여 와."

안방 쪽을 힐끗 쳐다보았다. 갈수록 태산이다. 술 먹고 들어온 다음 날 아침, 겨우 중학생이 된 딸한테 해장국을 끓이라는 엄마가 내 엄마 말고 또 있을까? 쓰리고 아픈 속을 그대로 보여 주고 있는 허여멀건 엄마의 얼굴도 화가 잔뜩 나 있는 내 마음을 움직이진 못했다.

"우리야, 엄마 말 안 들려?"

엄마 목소리에 발끈 날이 서 있었다.

"응, 안 들려."

내 목소리도 별반 다르지 않았다. 잠시, 아무 소리도 나지 않았다. 나는 내 방으로 들어와 이어폰을 집어 들었다.

"야, 봉우리! 너 정말……. 엄마 해장국 좀 끓여 주면 어디 덧나냐? 자기밖에 모르지! 내 속에서 어떻게 저런 딸이

나왔나 몰라. 너 그래 봐. 내가 말이야……."

귀를 꽉 틀어막자마자 엄마의 잔소리 대신 아이돌 가수의 랩이 고막에 박력 있게 감기기 시작했다.

"어제 뮤지컬 황진이 오디션 봤는데…… 느낌이 좋다니까……. 이따가 발표 날 거……."

엄마 목소리는 중간 중간 뚝뚝 끊겼지만 무슨 말인지는 알 수 있었다. 어제 뮤지컬 배우 오디션을 봤는데 주요 배역을 딸 것 같다는 희망 사항을 그대로 담고 있는 내용이었다. 하지만 전혀 곧이들리지 않았다.

'엄마 느낌은 늘 좋잖아. 이번에도 황진이가 꽃놀이 가는 길목 언저리에서 알짱대고 있는 행인 정도겠지. 대사는 하나도 없고 말이야. 가끔 우우우우 노래하는 코러스 정도? 어디 한 번 따 봐. 조연이라도 한 번 따 보라고. 그땐 내가 박수를 쳐 줄 테니까…….'

차마 대놓고 내뱉지 못한 말들은 속으로 했다.

엄마가 연극을 할 때는 그래도 좀 나았다. 대사라도 몇 마디 있었으니까. 하지만 뮤지컬로 연기 장르를 바꾸고 나서는 그마저도 없을 때가 많다. 그래도 엄마는 절대 기죽지 않았다. 그러긴커녕 출연작에 대해 먼저 나서서 동네방네 떠들고 다녔다. 그럴 땐 옆에 있는 내가 민망해 죽을 것 같았다.

'작품에 대한 애정이 대단하신가 봐요.' 라는 소리를 사람들한테 들을 정도로 엄마는 가만있지 않았다. 내가 봐도 작품에 대한 열정만큼은 주연감이었다. 하지만 그러면 뭐 하나, 아무리 관객을 끌어들이기 위해 애쓴다 해도 엄마는 고작 엑스트라인데 말이다. 아무튼 내 엄마는 대단하다.

내 속이 이렇게 시끄러울 때까지도 엄마는 손가락으로 관자놀이를 꾹꾹 누르며 입을 다물지 않았다.

"저 애는 엄마가 아프다는데도 아무렇지도 않나 봐. 힘들어 죽겠는데……."

점심때쯤 밤새 벼슬을 하고 온 엄마의 휴대 전화가 울렸다. 엄마가 뮤지컬 황진이의 주연이라고 했다. 엄마는 좋아서 팔짝팔짝 뛰다가 눈물을 흘리기도 했다.

나는 도저히 믿을 수 없었다. 나중에 잘못된 통보였다고 미안하다며 정정 전화가 오면 어쩌지? 하고 은근 걱정도 되었다. 하지만 밤늦도록 정정 전화는 오지 않았다.

살다 보니 별일도 다 있다.

대한민국 뮤지컬 배우 봉선영입니다

블로그 | 메일 | BGM앨범   메모 | 태그 | 방명록

(bongstar★)

**뮤지컬 황진이 화이팅!
봉선영 화이팅!!**

☆ 나의 이야기 ☆

☆ 여러분의 공간 ☆

☆ 뮤지컬 음악 ☆

☆ 공연 소식 ☆

☆ 공연 사진 ☆

검색

희망

전체 목록 (301)

나는 황진이다

모두 다 안 된다고 했다. 모두 다 늦었다고 했다.
모두 다 다른 길을 찾으라고 했다. 모두 다.
하지만 나는 단 한 번도 안 된다고 생각하지 않았다.
단 한 번도 늦었다고 생각하지 않았다. 단 한 번도 이 길이 아니라고 좌절하지 않았다. 단 한 번도.
결국 '단 한 번도의 희망'이 '모두의 절망'을 이겼다.
마침내 나는 황진이가 되었다. 뮤지컬 「황진이」의 주연이 된 것이다.
작가 선생이 그러더라. 산다는 것은 꽃과 같다고.
황진이의 삶도, 우리의 삶도 그러하다고.
하지만 난 꽃처럼 살지는 않을 것이다. 한철 피었다가 소리 없이 지는 꽃과 같은 배우는 되지 않을 거다.
사시사철 푸른 소나무 같은 배우가 될 거다.

자, 이제 시작이다.

나는 황진이다. 모두에게 영원히 기억 될 단 한 명의 황진이.

그녀의 뜨거운 삶을 기억할 것이다.

불사조 같은 황진이가 될 것이다.

댓글 3개 ▼　|　관련 글 보기

나무 🙂

선영 님, 축하축하 정말 축하해요. 이제 노력의 결실을 보시는군요. 아주 오래전, 님이 하신 거리 공연을 아직도 기억하고 있어요. 그 열정이라면 연극사에 길이 남는 작품을 만들 수 있을 거예요.

숨

정말이야? 이게 꿈이야 생시야! 넘넘 잘됐다. 대박 행진을 위하여!

번개 🌱

우연히 들어왔더만 뮤지컬 주연 님의 블로그라구예? 아싸, 자주 들어오겠십니더. 혹시나 연습 중에 자장면이라도 시켜 자실 일 있음 연락해 주이소마. 잘 해드릴기예. ㅎㅎㅎ

말할 수 없는 비밀

"다음 분기 급식비 지원 신청할 사람은 내일 종례 시간까지 나한테 와서 말하도록 해."

담임은 말을 내뱉자마자 나를 바라보았다. 순간, 얼굴이 화끈거렸다. 그 눈빛이 무얼 말하는지 금세 알 수 있었기 때문이다.

'야, 봉우리, 너 신청해야 되지 않겠어? 급식비가 어디니? 한부모가정의 없는 살림에……. 게다가 엄마가 가난한 배우라며?'

'됐거든요.'

속으로 대답할 즈음 담임은 얼른 다른 곳으로 눈길을 돌렸다.

배 속까지 홧홧 달아오르는 것 같다. 이런 일은 초등학교 때부터 여러 번 경험을 해 놓고도 면역이 되지 않는 경우 중 하나다. 특히 새 학기 때는 더 심했다. 새 담임이 아이들의 이름을 외우겠다는 사명감 어린 취지를 강조하며 출석을 부를 때, 진저리가 쳐지도록 싫은 그들의 눈빛. 다른 친구들은 이름만 부르고 마는데 유독 나한테는 그러지 않았다. '봉우리?'를 부르고 나서는 교무 수첩을 들여다보고 다시 내 얼굴을 보았다. 내 이름에 별이나 하트가 그려져 있는지, 빨간 밑줄이라도 쳐져 있는지는 모르겠지만 특별 관리 학생인 것만은 분명했다.

'아, 너로구나. 미혼모의 딸이라는 애가. 올해 속 썩이지 말고 잘 살아 보자. 애는 괜찮아 보이긴 하는데……'

이미 정보통에 의해 내 가정환경을 모두 알고 있다는 의미 심장한 눈빛, 그 안에 들어 있는 우려와 긴장이 미치도록 싫었다. 교탁 앞에서 발가벗겨진 채 혼자 서 있는 그런 기분이었다. 담임이 한 번 그렇게 초를 치고 나면 아이들은 뭔가 이상한 낌새를 알아차렸는지 그 뒤로는 나한테 별로 말을 걸지 않았다. 물론 내가 아이들을 피하는 것도 있지만……

중학교에 오면 이런 보이지 않는 꼬리표에 신경 쓸 일이 없었으면 했다. 그래서 우리 동네에서 뚝 떨어진 중학교를 배정받길 원했다. 하지만 근거리 배정 원칙에 따라 동네에 있는 중학교에 입학했다.

친구들과 어우렁더우렁 친하게 지내는 건 몹시 귀찮은 일이다. 애들은 좀 친해지고 나면 꼭 집에 놀러 오겠다고 한다. 그래서 싫다. 여기에 어렸을 적 기억도 한몫했다.

초등학교 2학년 때였다. 지금은 잊혀져 이름도 가물가물한 친구와 함께 만날 시간 가는 줄 모르고 놀았다. 나는 그 친구가 좋았다. 그래서 건널목을 건널 때도, 도둑고양이를 뒤쫓을 때도 꼭 손을 잡고 다녔다. 하루는 친구가 우리 집에 가서 놀자고 했다. 그래서 또 손을 잡고 우리 집으로 왔다. 집 앞에서 목걸이 열쇠로 현관문을 여는데 친구가 물었다.

"엄마, 안 계셔?"

"응, 오후에는 집에 없어."

친구가 '으응.' 했다.

"아빠는?"

"없어. 처음부터 없었어. 넌 있어?"

친구가 또 '으응.' 했다.

우리는 집에 들어와 색종이로 인형 옷을 만들며 실컷 놀았다. 그리고 친구가 배고프대서 라면까지 끓여 줬다. 그러고는 집으로 돌아갔다. 그게 그 친구와 놀았던 마지막이었다.

다음 날, 수업을 마친 후에 청소 당번인 친구를 기다리는데 친구가 내게 그만 가라고 했다.

"나 이제 너랑 못 놀아. 우리 엄마가 너랑 놀지 말래."

나는 '왜?'라고 묻지 않았다. 아주 잠깐, 지금 친구의 손을 잡아도 될까 말까 고민한 것 빼고는 아무런 생각도 하지 않았다. 느닷없는 절교 선언이 황당했지만 왠지 대꾸를 해선 안 될 것 같았다. 그걸 내 마지막 자존심쯤으로 여긴 것 같다. 지금 생각해 보면 친구 엄마도 이해가 안 되는 건 아니다. 나는 사귀어서는 안 될 딸의 친구 조건을 다 갖추고 있었으니까.

'아이가 학교에서 돌아올 즈음 외출하는 엄마가 있는 집, 아빠는 애초부터 없었다는 집, 놀러 온 친구에게 라면을 끓여 주는 집, 그것도 아홉 살짜리 아이가 직접…….'

그때부터 내게 친구란 없었다. 몇 번 말을 걸거나 무리에 끼어 주려는 아이가 있긴 했지만 내가 거부했다. 기껏 애들이 뭉쳐 봐야 연속극이나 연예인 이야기나 할 게 뻔하고 학년이 올라가 다른 반이 되고 나면 내가 언제 너랑 친했니? 하는 식으로 원점으로 돌아가고 마는 한해살이 친구가 싫어서다. 그럴 바엔 차라리 지금처럼 혼자서 책이나 읽으며 음악을 듣는 게 훨씬 낫다. 특히 한 아이를 중심으로 돌아가는 지금 우리 반 같은 경우는 더욱 그렇다. 교복 입은 것만 빼면 초딩 교실과 별로 다를 바 없는 중딩 교실에서 군림하는 아이를 보면 나와 다른 인종 같다.

최한솔, 연예인이 되고 싶다는 아이다. 때와 장소를 가리지 않고 헬리콥터처럼 주변에 떠 있는 엄마 덕에 풍족하게 땅땅거리며 지내는 아이다. 최한솔은 어떤 말이든 시작할 때, '중요한 건 말이야…….' 라고 한다. 자신이 모든 일의 핵심을 간파하고 있으니 따르는 게 좋을 거라는 무언의 압력이 물씬 풍긴다. 또한 밤사이에 집에서 있었던 일상을 그럴듯하게 포장해서 읊어 댐으로써 자신은 부모에게 사랑을 듬뿍 받는 아주 특별한 외동딸이라는 것을 몇 번이고 강조한다. 그럴 때면 나는 확 비위가 상하는데 아이들은 아닌가 보다. 되레 최한솔과 친해지고 싶어 안달이다. 어쩔 땐 최한솔이 든 가방, 읽고 있는 책들이 교실 안에서 유행처럼 퍼지기도 한다. 그런데 며칠 전부터 나를 보는 최한솔의 눈빛이 곱지 않다. 무시하려고 대꾸를 안 하면 뒤통수가 뜨거운 느낌이 들 정도로 아이의 눈초리가 따갑다.

오늘도 최한솔은 교실을 주름잡았다.

"현지야, 미노 오빠 팬클럽 가입하는 거 애들한테 물어봐."

최한솔의 몇 마디 말에 현지가 자동인형처럼 벌떡 일어

나서 소리쳤다.

"미노 오빠 팬클럽에 가입할 사람? 여기 가입하면 짱 좋은 일들이 많을 거야. 미노 오빠가 콘서트도 한다고 하고 뮤직비디오도 찍는다 하니까……. 게다가 한솔이가 뮤직비디오 출연 배우 오디션을 볼 거래. 우리가 힘 좀 써 주자. 밀어주자는 거지."

아이들이 웅성웅성했다.

"정말이야? 그럼 한솔이가 오디션에 붙으면 미노랑 찍는 거야? 뮤비?"

"와우! 굉장한걸. 나 가입할래."

"같이 찍진 않을걸, 울 언니가 그러는데 뮤비는 거의 합성하는 거래."

아이들은 한참 동안 술렁대다가 서너 명이 미노 팬클럽에 들어가겠다고 했다.

"한솔이가 오디션 보고 나면 댓글 남기는 거 알지?"

현지의 말에 아이들이 어리둥절해하자, 현지는 애들 귀에다 대고 뭐라 뭐라 속삭였다. 아이들의 표정이 밝아졌다. '알았어' 하며 끄덕이는 모습이 역겨웠다. 최한솔의 수작에 놀아나는 바보, 멍청이들.

현지가 한솔이와 뭐라 이야기를 주고받더니 내 옆으로 와서 주춤주춤거렸다. 무슨 말을 할지 뻔했다. 지난번에 내게 한 말 그대로일 것이다.

'우리야, 미노 오빠 팬클럽에 가입하지 않을래? 미노 오빠 팬클럽은 너처럼 얼굴도 예쁘고 글도 잘 쓰는 감각적인 회원이 필요하다고.'

현지는 억지웃음을 지으며 또 헛소리를 할 것이다. 그래서 벌떡 일어난 내가 먼저 선수를 쳤다.

"야, 좀 비켜 줄래? 화장실 가야 하거든."

물이 팔팔 끓고 있는 냄비에 찬물을 부은 것처럼 갑자기 교실이 잠잠해졌다. 내가 벌컥 교실 뒷문을 열 때까지도 그렇게 조용했다.

수업을 마치고 터덜터덜 학교를 빠져나오는데 하늘이 참 맑았다. 집에 가기는 싫고 그렇다고 마땅히 갈 곳도 없었다. 엄마는 지금쯤 연습실에서 축문을 나불대는 무당처럼 대사를 외우고 있을 것이다. 남들은 엄마더러 지독한 연습 벌레라고 한다. 하지만 당연한 게 아닌가. 소질을 타고 나지 못했으면 연습으로라도 채워야 하는 게.

엄마의 연습은 집에서도 시도 때도 없이 이어졌다. 달력의 꽃 그림 앞에서는 꽃놀이 장면의 대사를 읊어 댔다.

산다는 건 꽃과 같아
인생은 저 꽃처럼 피고 지는 것
스치고 가는 바람 같은 것
나 죽거든 내 육신도
하나도 남김없이 쓰일 수 있게
흙이 되도록 버려 주세요.

엄마는 저녁 밥상 앞에서 식사 장면의 대사를 터뜨렸다.
"산해진미 있다 한들 야천명월 같겠소만……."
"아, 시끄러워! 밥 좀 먹자고, 좀!"

참다못한 내가 통을 주었다. 대사를 듣지 않기 위해 시답잖은 말을 시키기도 했다. 엄마가 대답하느라 잠시 대사 연습을 멈췄다. 조용해지니 살 것 같았다. 입이 두 개였음 큰일 날 뻔했다. 엄마 신경이 다른 곳으로 가서 참 다행이었다. 그랬더니 밥도 꿀꺽꿀꺽 잘 넘어갔다.

 밥을 다 먹고는 물병을 찾았다. 엄마 쪽에 있길래 물, 하며 물컵을 내밀었다. 그랬더니 엄마가 갑자기 「권주가」를 불렀다.

꽃이 진다 새들아 슬퍼 마라

저 바람에 흩날려도

돌아올 수 없는 우리 인생

한 잔 술에 위로하고 즐기세

가는 세월 무정하다고

한탄하고 슬퍼하지만

술과 함께 우리 정도 담아 바치오니

부디 받으시오.

엄마는 긴 박자에 맞춰 물을 똘똘똘 따르더니 '한 잔 받으세요, 우리 님.' 했다. 어제 연습할 때는 '한 잔 받으세요, 나리.' 였다. 으이구, 정말 못 말리는 엄마!

 그런데 참 이상한 것이 있다. 그렇게 듣기 싫은 황진이의 대사가 가끔 생각난다는 것이다. 예를 들면, 엄마가 대사를 외우다가 막혀서 말꼬를 못 틀 때 내 입에서 불쑥 튀어나올 때가 있다. 이상한 일이다. 아무래도 귀에 대사 딱지가 앉은 게 틀림없다. 너무 싫지만 어쩔 수 없이 엄마를 닮아 가는 것 같아서 기분이 좀 그렇다.

 오늘 아침 신문에는 엄마의 인터뷰 기사가 실렸다. 처음 있는 일이다. 엄마는 새벽부터 신문 기사를 읽고, 읽고 또 읽었다. 행여 신문이 구겨질까 봐 거실 바닥에 쫙 펴 놓고 읽더니 그 기사를 오렸다. 그리고 식탁 유리 아래 끼워 두었다. 낯간지럽지 않을까 아주 잠시 생각했지만 내 엄마는 충분히 그럴 수 있고, 딱 엄마다운 행동이라는 생각이 들었다.

 아침밥을 먹는데 입맛이 없었다. 아니, 밥맛이 없었다. 만날 똑같은 반찬으로 먹는 이른 아침밥이 맛있을 리가 있

나. 내가 젓가락으로 끼적끼적하고 있을 때 엄마가 손톱 끝으로 신문 기사가 끼워져 있는 식탁 유리를 딱딱 쳤다.

"이런 사람이 해 줬는데도 밥을 맛있게 안 먹어?"

마음 같아선 아예 뱉어 버리고 싶었지만 어쩔 수 없이 꾸역꾸역 다 먹었다.

운동장 청소를 하느라 엄마 전화를 못 받았을 때도 마찬가지였다.

"신문에 난 사람이 전화를 걸었는데 안 받아?"

말하고 나서 엄마는 시원하게 풀리는 실타래처럼 웃어 젖혔다. 어이없었다.

황진이 배역을 맡은 뒤로 엄마는 정말 황진이처럼 살았다. 때와 장소를 가리지 않고 노래를 불러 댔고, 덩더러러 덩더러러 박자에 맞춰 걸어 다녔다. 그러고는 눈을 게슴츠레 뜨며 내게 물었다.

"어때? 진짜 황진이 같지?"

엄마의 말에 '우웩' 하기도 여러 번, 제발 좀 참아 줬음 좋겠다. 엄마가 연습하는 걸 보면서 가끔 생각했다. 진짜 황진이는 어떻게 살았을까? 책에 나온 가짜 삶 말고 진짜 삶이 있었을 것 같다. 혹시 내 엄마처럼 결혼도 안 한 채 홀로 아이를 낳아 키우진 않았을까? 아무도 눈치채지 못한 또 하나의 감춰진 삶이 있었을 것만 같다.

엄마가 가지고 온 뮤지컬 「황진이」의 붉은 색 포스터를 보니 황진이는 말 한마디 건네기 어려울 정도로 도도해 보였다. 아니, 슬퍼 보였다. 게다가 아직 내뱉지 못한 말들이 많아 보였다.

갑자기 황진이가 궁금해졌다. 인터넷에서 찾아보았지만 어디에서나 볼 수 있는 사전적 풀이뿐이었다.

'조선 중종 때 인물로 개성에서 활동하던 기생이자 시조 시인. 박연 폭포·서경덕과 함께 송도삼절이라고 일컫는다. 신분에 상관없이 어울리며 시를 짓고…….'

다시 '송도삼절'을 클릭.

'송도의 유명한 세 가지. 황진이, 서경덕, 박연 폭포를 말한다.'

엄마가 중얼거리며 연습할 때 들어 본 말들이었다. 그것들에 대해 잘 모르지만 엄마는 자꾸 황진이와 자신을 똑같다고 말했다. 하지만 내가 보기에는 전혀 그렇지 않다. 슬쩍슬쩍 엿들은 대사를 보면 황진이는 사랑에 웃고 운다고 했지만 내 엄마는 그렇지 않다. 엄마한테 중요한 것은 일이고, 자식이나 이성에 대한 사랑이나 간절함 따위는 없다. 관객들한테 갈채를 받는 배우로서의 삶만 있을 뿐이다.

띠리릭, 휴대 전화 문자가 왔다. 사진도 함께였다. 사람 뒷모습에 원숭이 꼬리를 합성시킨 것이었다.

'이제 보니 원숭이였어. 왕재수 봉우리의 뒷모습!'

체크무늬 티셔츠에 청바지, 기형적으로 부풀린 엉덩이에 원숭이 꼬리를 달고 있는 사람은 바로 나였다. 며칠 전에도 누가 내 머리에 도깨비 뿔을 합성해서 보내왔다. 보낸 사람 번호는 똑같이 1004였다. 상대할 가치도 없는 또라이들, 그래 봐라, 내가 꿈쩍이라도 하나. 나는 삭제 버튼을 꾸-욱 눌렀다.

대한민국 뮤지컬 배우 봉선영입니다

블로그 | 메일 | BGM앨범　　　　　　　메모 | 태그 | 방명록

(bongstar★)

뮤지컬 황진이 화이팅!
봉선영 화이팅!!

☆ 나의 이야기 ☆

☆ 여러분의 공간 ☆

☆ 뮤지컬 음악 ☆

☆ 공연 소식 ☆

☆ 공연 사진 ☆

검색

희망

전체 목록 (302)

연습 또 연습

처음에는 무조건 좋았다. 그런데 시간이 지날수록 더블 캐스팅이 신경 쓰인다. 왜 하필 더블 캐스팅이었을까? 나 혼자서도 충분히 소화할 수 있는데 말이다. 모든 것에 마음이 간다. 겉으로는 아닌 척해도 비교당하는 것은 여간 신경 쓰이는 일이 아니다.

게다가 그녀는 알아주는 명문대 성악과 출신에 뮤지컬을 배우기 위해 유학까지 다녀온 재원이다. 그에 비하면 난……. 아냐, 아냐 내가 지금 무슨 생각을 하고 있는 거야!

난 황진이야. 아무리 더블 캐스팅이라고 해도 봉선영만의 황진이는 나만이 할 수 있다.

그러기 위해서는 연습뿐이다.

남들이 열 번 하는 거, 백 번은 못해도 열두 번까지 해

내는 것. 아니 해내야 하는 것.

그게 지금 내가 할 수 있는 가장 최선이다.

나의 최선이 결국 최고의 황진이를 만들 것이다.

댓글 3개 ▼ | 관련 글 보기

숨

제작 발표회, 기자회견 다 봤어. 그래도 언니가 가장 돋보이던걸.

나무

작가는 작품으로, 기자는 기사로, 배우는 연기로 말하는 거죠. 선영 님의 연기를 기대합니다.

번개

요즘 중국집도 해외파가 대세라니까네, 거 뭡니꺼? 퓨전 중국 음식이란 기.

우리 엄마는 황진이다

정말로 올까? 했던 날이 드디어 왔다. 나는 갈까 말까 몇 번이고 망설였다. 엄마의 공연을 축하해 줘야 하는데 그게 잘 안 될 것 같았다. 또 한편으로는 두렵기도 했다. 막상 가서 보니 엄마가 주연이 아닌 상황이 벌어지면 어쩌나 걱정되기도 했다.

얼마 전에 있었던 올림픽 금메달리스트의 가족 이야기가 생각났다. 선수 가족들은 그 선수의 연습 과정은 물리도록 지켜봤지만 정작 올림픽 출전 경기를 보진 못 했다고 한다. 행여 실수하지 않을까, 잘못되지 않을까 하는 마음에 심장이 터질 것만 같아서 그 선수가 올림픽 경기를 하는 내내 복도 구석에 쭈그리고 앉아 있었다고 한다. 그 마음을 알 것 같았다. 정도 차이는 있겠지만 가족을 걱정하고 있다는 점에서는 비슷할 테니까.

내 마음을 알기라도 하듯이 수미 이모가 어젯밤부터 전화를 해 댔다.

"일곱 시에 만나는 거야, 알았지?"

"우리가 가서 박수를 쳐 줘야 엄마가 더 돋보이지 않겠니?"

"봉우리, 어서 가겠다고 대답을 해야지?"

이렇게 해서 나는 하는 수 없이 엄마의 첫 공연을 보게 되었다.

극장은 사람들로 붐볐다. 수미 이모와 함께 자리에 앉았다. 이모가 엄마보다 더 긴장하고 있는 것 같았다.

"잠시 후, 공연이 시작됩니다. 관객 여러분께서는 휴대 전화 전원을 꺼 주시기 바랍니다."

안내 방송이 나오자 가슴이 더 두근거렸다. 휴대 전화는 이미 극장에 들어서기 전부터 꺼 놓았다.

앞에 앉은 여자 둘이서 귓엣말을 했다. 나는 일부러 무대만 빤히 바라보았다. 괜히 엄마에 대해 속닥거릴까 봐 눈길을 피하고 싶었다.

남자 주인공이 무대에 오르고 뮤지컬이 시작되었다. 엄마가 주인공이라면서 왜 남자 배우가 처음에 등장하는지 모르겠다. 하지만 불만을 품기엔 그 배우가 노래를 너무 잘했다. 그런데 남자 배우는 너무 일찍 죽었다. 황진이가 처음으로 사랑한 남자였는데 황진이가 다른 사람과 결혼하자, 결국에는 자살해 버렸다.

얼마나 사랑하면 저럴 수 있을까? 이해가 되지 않았지만 그런 것을 깊게 생각할 겨를이 없었다. 엄마를 봐야 했기 때문이다. 주인공인 엄마를 빨리 보고 싶었다. 정말 주연이 맞는지 확인해야 마음이 놓일 것 같았다.

황진이가 된 엄마를 보기 전에는 나는 그 어떤 것을 생각할 수도, 볼 수도 없었다.

사랑을 하는 엄마, 사랑을 잃고 가슴 아파하는 엄마, 첩으로 들어가기 싫어 거부하는 엄마, 평생 천민으로 살아야 하는 운명을 괴로워하다가 결국에는 기생이 된 엄마. 노래하는 엄마, 춤추는 엄마, 울부짖는 엄마.

 엄마가 무대로 나왔다. 정말 황진이로 나왔다. 그제야 마음 놓고 공연 속으로 빨려 들어갈 수 있었다.

 최고의 공연이었다. 화려한 무대와 아름다운 의상도 좋았지만 더 도드라졌던 것은 엄마의 표정과 대사였다. 엄마가 황진이가 되어 '산다는 건 꽃과 같아' 라는 마지막 대사를 마쳤을 때 관객들은 상기된 얼굴로 미친 듯이 박수를 쳐 댔다. 관객들은 엄마의 연기에 감탄했고, 가끔 보이는 외국인들은 '원더풀'을 연발했다. 짝짝짝, 박수 소리는 한참 동안 그칠 줄 몰랐다. 이 정도로 뭘, 하다가 수미 이모가 옆구리를 쿡 찔러 나도 박수를 치는 시늉을 했다.

 무대에 막이 내려지고 나서 나는 맨 마지막으로 극장 로비에 나왔다. 수미 이모는 분장실에 다녀오겠다고 했다. 그때였다.

"쟤 너희 반 애 아니니? 봉우리?"

내 이름이 귀청에 걸리자, 반사적으로 고개를 돌렸다. 최한솔과 엄마였다. 한솔이 엄마가 다시 봉우리가 맞네, 했다. 한솔이 얼굴에서 웃음기가 가셨다. 얼핏 아니꼬운 표정도 비쳤다. 나는 어정쩡하게 서서 한솔이 엄마에게 고개를 꾸벅했다.

"어, 그래."

한솔이 엄마는 상냥했다.

"네가 여기 웬일이야?"

한솔이가 나를 보고 입을 열었다. 여느 때 같으면 나를 무시했을 것이다. 그런데 자기 엄마 옆이라 그런 건지, 뮤지컬 「황진이」의 감동 때문에 마음이 넓어진 건지는 잘 모르겠지만 조용히 나에게 말을 걸어왔다.

"웬일은? 이거 보러 왔나 보네. 근데 넌 여기 혼자 온 거니?"

한솔이 엄마의 말에 내가 대꾸했다.

"아뇨, 엄마가 저기 계세요."

나는 분장실을 가리켰다. 한솔이가 또 내일 학교 가서 날더러 방치된 아이, 공연도 혼자 보러 다니는 아이, 어쩌고저쩌고할까 봐 안 해도 될 소리를 했다. 또한 내 손끝에는 '내가 누군 줄 알아? 주연의 딸이라고' 하는 우쭐함도 있었다. '관계자 외 출입 금지' 팻말이 붙은 분장실 문을 한참 바라보던 한솔이의 얼굴빛이 달라졌다.

"참, 현지한테 들었어. 너네 엄마 뮤지컬 배우라며? 여기 나오셔?"

나는 고개를 끄덕끄덕했다. 한솔이와 이렇게 말을 길게 섞어 보긴 처음이다.

"여기에서 누구야? 뭐 맡으셨어?"

한솔이가 눈을 동그랗게 뜨며 물었다. 몰라도 돼, 하며 몸을 돌렸다.

"여기 있다, 봉 씨! 봉선영 맞지?"

한솔이 엄마가 팸플릿을 펼쳐 들었다. 많고 많은 성 중에 하필이면 드물기로 소문난 '봉' 씨여서 단번에 딱 걸릴 게 뭐람. 한솔이 엄마는 내가 엄마와 성이 같다는 건 또 어떻게 알았을까? 한솔이가 나를 엄마랑만 사는 아이라고 떠들어 댔던 걸까?

"어디, 어디?"

"어머머, 주연이네. 아까 그 황진이!"

모녀가 자-알 논다 하며 자리를 뜨려는데 갑자기 한솔이가 내 팔을 잡았다. 고까운 얼굴은 어디 가고 배시시 웃기까지 했다. 언제부터 그렇게 내게 관심이 많았는지 꼬치꼬치 물었다. 정말 귀찮았다. 한솔이 혼자 있다면 냅다 팔뚝을 뿌리치면 되는데 걔네 엄마 때문에 그러지도 못 했다.

"우리야, 넌 좋겠다. 너네 엄마 사인 좀 받아다 줄 수 있어?"

한솔이네 엄마도 옆에서 고개를 끄덕끄덕했다. 별꼴이었다. 한솔이는 자신도 꼭 스타가 되고야 말겠다며 두고 보라고 했다.

'그래, 두고 볼게. 네가 정말 스타가 되는지.'

한솔이는 자리를 뜨면서도 몇 번이고 뒤돌아보았다. 누가 보면 뜨거운 우정의 눈물겨운 이별이라 하겠다. 한솔이가 나를 돌아보다니, 몹시 낯선 풍경이었다.

나는 분장실 앞에서 수미 이모를 기다렸다. 의자에 앉아 사람들을 멀뚱히 보고 있는데 한결같이 공연을 칭찬하는 소리뿐이었다. 다행이다 싶으면서도 쓸쓸한 생각이 들었다.

'공연이 잘된 건 정말 좋은 일이겠지만 당분간 난 또 외로워지겠지? 혼자 있는 시간이 갑절로 늘어날 테니까. 바쁜 엄마를 가졌다는 건 질리도록 혼자만의 시간을 갖게 될 수도 있단 말이거든.'

이런저런 생각을 하고 있을 때 수미 이모와 함께 엄마가 나타났다.

"우리야, 엄마 어땠어? 잘했지?"

어린아이처럼 좋아하며 활짝 웃는 엄마한테 뭔가 대꾸를 해 주고 싶었지만 내 입에서 나온 것은 생뚱맞은 소리였다.

"그냥, 그렇지 뭐."

내 말본새가 이러니 좀 미안하기는 했다. 수미 이모가

쩝쩝 입맛을 다시며 웃었다.

　엄마가 나오는 연극을 처음부터 끝까지 본 것은 유치원 다닐 때였다. 아마 그날은 유치원 방학을 하던 날이었을 것이다. 딱히 맡길 곳이 없던 나를 두고 엄마는 고민했다. 그러다 하는 수 없이 나를 데리고 출근했다. 내가 엄마한테서 떨어지지 않으려고 발버둥을 치며 울었기 때문이다. 물론 엄마는 극장 앞에서 내게 몇 번이고 얌전히 있겠다는 다짐을 받았다. 사탕도 몇 알 손에 쥐어 주었다. 나는 고개를 끄덕거렸다. 엄마 옆에 가만 숨죽이고 있는 게 텅 빈집에 혼자 있는 것보다는 수천 배, 수만 배 나은 일이었으니까. 엄마가 '알았지? 얌전히 있어야 해.'라고 말했을 때 마음속으로 '야호! 야호!'를 얼마나 크게 질렀는지 엄마는 아마 모를 것이다. 엄마는 어깨를 쫙 펴더니 헛기침을 큼큼한 뒤에 내 손을 잡고 극장 안으로 들어갔다.

　극장 직원이던 수미 이모가 나를 반겨 주었다. 수미 이모는 엄마가 아는 동생이었는데 나를 유난히 예뻐했다. 공연 시간이 다가오자, 수미 이모는 나를 데리고 객석에 가

앉았다.

어두운 무대에 번쩍 불이 들어오자, 내 숨소리가 저절로 잦아들었다. 수미 이모의 손을 꽉 잡고서 오로지 엄마가 나오기를 기다렸다. 무대에 여러 사람이 나왔다가 들어가고 한참이 지나서야 엄마가 나왔다. 하지만 엄마가 아닌 것 같았다. 엄마가 숨겨 두었던 다른 얼굴이 나와 무대 위에서 움직이는 것 같았다.

나중에 수미 이모가 엄마한테 말했다.

"언니처럼 열심히 하는 배우는 처음 봐요."

작은 배역도 크게 소화한다는 수미 이모의 알쏭달쏭한 말이 칭찬이라는 것쯤은 그때도 눈치로 알 수 있었다.

그날 이후, 수많은 날들이 흘렀다. 엄마는 나무도 되고, 사다리도 되고, 아줌마도 되고, 할머니도 되었다. 그리고 수미 이모의 절친한 언니도 되었다.

엄마는 뮤지컬 「황진이」 첫 공연 축하 파티에 가야 한다고 했다. 수미 이모더러 함께 가자고 했다.

"강혜리 씨도 온대?"

엄마가 고개를 끄덕였다. 강혜리, 엄마와 황진이 역을 함께 맡은 배우 이름이다.

"강혜리 씨 인터뷰 봤어. 그런데 한복 입으면서 빨간 매니큐어 칠한 건 또 뭐래?"

"그러게, 나도 미치겠어. 그거 보고 한마디 했더니 되게 싫어하더라."

수미 이모의 말에 엄마가 맞장구치는 걸 보며 나는 먼저 자리를 떴다.

집에 오는 길, 자꾸만 황진이의 노랫소리가 귓전에서 윙윙거리는 것 같아 아주 우아하게 걸었다.

내가 손을 내밀면 저만치로 가 버리고,
내가 고개를 숙이면 어느새 가까이에 온 넌 내 사랑
강물처럼 수이 흐르면 어떠하리,
구름처럼 수이 오가면 어떠하리,
두 손을 맞잡고 가자꾸나, 어화둥둥 넌 내 사랑

집에 돌아와서 씻고, 잠 속으로 빠져들 때까지도 노랫소리는 귓전에서 커졌다 작아졌다를 되풀이했다.

시계에서 들리는 알람 소리에 번쩍 눈을 떴다. 벌써 아침이었다.

나는 안방으로 갔다. 엄마가 보이지 않았다. 엄마의 분홍색 잠옷도 어제 아침에 벗어 둔 그대로였고, 이불도 개켜진 대로였다. 화장실에도 부엌에도 엄마는 없었다. 엄마한테 전화를 걸었지만 휴대 전화 전원은 꺼져 있었다. 어디에 물어봐야 할지, 누구한테 전화를 걸어야 할지 몰라 잠시 멍하니 서 있었다. 그러다가 수미 이모한테 전화를 걸었다. 이모는 전화벨이 한참 울린 다음에야 받았다.

"여보세요?"

수미 이모의 목소리가 잠겨 있었다.

"이모, 엄마가 집에 안 들어왔어요. 혹시 어딨는 줄 아세요?"

"어, 우리야, 그게 말이야……."

수미 이모는 뜸을 들이며 말을 잇지 못했다. 더 불안해졌다.

"어딨는데요?"

"좀 문제가 생겼어. 그래서 요 앞 사거리에 있는……."

"그러니까 어디냐니까요?"

발끈한 내 목소리에 수미 이모의 목소리가 점점 기어들어 갔다.

"경찰서."

가방 챙겨서 학교에 갈 수 있지, 중학생이니까, 아침을 못 먹어서 어떡하니, 잘되야 할 텐데 수미 이모는 혼자 웅얼웅얼하더니 전화를 끊었다.

가슴속에서 바윗덩이 떨어지는 소리가 났다. 엄마가 경찰서에 왜 갔을까? 집에 오다가 도둑이라도 만난 건가? 무단횡단을 하다 잡혀갔나? 교통사고가 났나? 불길하고도 무서운 생각들이 꼬리에 꼬리를 물었다. 도대체 무슨 일일까? 무슨 일인데 이 시각에 엄마는 경찰서에 있을까?

학교에 갈 준비를 했다. 교복 셔츠가 구겨져 있었지만

그게 문제가 될 만큼 마음이 여유롭지 못했다.

이른 아침, 거리에는 푸른빛이 돌았다. 나는 경찰서 방향으로 걸어갔다. 덜커덕쿵 덜커덕쿵 하며 쓰레기차가 움직이는 소리가 났다. 느릿느릿 꾸물대는 쓰레기차는 미화원 아저씨들의 손에 들린 쓰레기봉투를 꿀꺽꿀꺽 먹어 해치우고 있었다. 차가 훑고 지나간 자리에는 비질 소리만 남아 공중에 퍼지다가 스르르 가라앉곤 했다. 다른 때 같았으면 교복에 먼지 묻는다며 냅다 뛰었을 텐데 그러지도 못 했다.

경찰서가 중앙공원 옆에 있다는 것쯤은 알고 있었다. 엄마랑 가끔 공원에 산책을 나왔을 때 본 적이 있다. 하지만 경찰서 출입은 처음이었다. 묵직하게 가슴을 눌러 대는 분위기 때문에 걸음이 더뎌졌다.

정문을 지키는 경찰 아저씨한테 다가갔다.

"엄마를 찾으러 왔는……."

"엄마? 여기 왜 오셨지?"

"모르겠어요."

나는 고개를 흔들었다. 사실 그건 내가 묻고 싶은 말이었다. 내 엄마가 여기에, 우중충한 이곳에 왜 왔는지. 경찰 아저씨는 피곤한지 벌건 눈으로 엄마 이름을 물었다. 그러고는 인터폰을 하더니 손짓을 했다.

"저쪽으로 가 봐라."

신발주머니가 자꾸 달랑거려서 꼭 쥐고 천천히 걸었다. 여기저기에 걸려 있는 경찰서 마크가 가슴을 짓누르는 것 같았다.

유리문을 열고 들어가니 사람들이 군데군데 모여 있었다. 널따란 교실 같은 곳이었다. 술에 취한 아저씨가 나무 의자에 앉아 졸기도 했고, 화장이 번져 얼굴이 얼룩덜룩한 여자들이 쏙닥거리기도 했다. 나를 힐끔힐끔 쳐다보며 '얼라들은 이런 데 오면 못써.' 하며 구시렁대는 아줌마도 있었다. 사람들은 하나같이 어제의 피곤이 다 안 풀린 표정이었다. 군데군데 쌓여 있는 서류 뭉치들과 몸을 잔뜩 오그린 꾀죄죄한 사람들의 모습이 한데 엉켜 마치 축축한 지하 세계 같았다.

쓱 둘러보는데 뚱뚱한 경찰 아저씨의 책상 앞에 엄마가 있었다. 반가웠다. 엄마는 선생님한테 혼나는 아이처럼 어깨를 웅크리고 있었다. 경찰 아저씨가 뭐라 묻는 말에 대꾸하는 엄마의 얼굴이 푸석했다. 경찰 아저씨는 엄마의 말을 받아 적는지 또닥또닥 자판을 두드렸다. 나는 엄마를 향해 조심스럽게 걸어갔다. 엄마와 말을 주고받던 경찰 아저씨가 엄마의 말허리를 자르며 벌떡 일어섰다.

"봉선영 씨, 그러니까 술 마시고 운전을 왜 해요?"

대한민국 뮤지컬 배우 봉선영입니다

블로그 | 메일 | BGM앨범　　　　　　　　　　　메모 | 태그 | 방명록

(bongstar★)

**뮤지컬 황진이 화이팅!
봉선영 화이팅!!**

☆ 나의 이야기 ☆

☆ 여러분의 공간 ☆

☆ 뮤지컬 음악 ☆

☆ 공연 소식 ☆

☆ 공연 사진 ☆

검색

희망

전체 목록 (303)

실수

아직도 눈에 선하다.

화려한 무대 위에서, 스포트라이트를 받으면서 나비처럼 춤을 추고, 꽃처럼 아름답게 연기했던 나의 모습.

아직도 귀에 쟁쟁하다.

객석을 가득 메운 관객들이 손바닥에 불이 나도록 박수치고 환호했던 소리들.

아직도 내 몸과 마음은 무대 위, 황진이가 되어 시를 읊고, 노래를 하고, 사랑을 그리워하고 있는데.

아직도 나는 무대 위에서 보여 주고 싶은 것이 많이 남아 있는데,

황진이가 된 내 몸에서 흐르고 있는 피가 이렇게 뜨거운데, 나는 모든 것을 잃었다.

내가 어리석었다.

시간을 되돌릴 수만 있다면…….

댓글 3개 ▼ | 관련 글 보기

숨

내 잘못도 큰 것 같아. 말렸어야 했는데…….

나무 🧑🏾

무슨 일인 줄은 모르겠지만 한 번 실수는 병가의 상사래요.

번개 ⛈️

그러니까네 거 머시냐 공연이 잘 안 풀렸다 하는 말 아입니꺼? 시간 날 때 오이소 마, 술이나 한잔 하입시더.

말하고 싶은 비밀

 자습 시간에 한솔이가 내게 리본 달린 종이 상자를 내밀었다.

 "자, 특별히 너에게만 주는 선물이야! 아빠가 외국 출장 갔다 오면서 사 오신 건데 베프한테 갖다주래. 사하라사막 모래로 만든 모래시계래. 우리야, 내가 줬다고 꼭 엄마한테 말씀드려. 알았지?"

 "그럼 내가 받으면 안 되겠네."

 '난 너의 베스트 프렌드가 아니니까.' 라는 뒷말은 생략했다. 하지만 한솔이는 넉살 좋게 선물을 내 가방에 쑤셔

넣었다. 얘가 왜 이러나, 나는 어리둥절했다.

한솔이는 뮤지컬 「황진이」를 본 다음 날부터 툭하면 아이들을 끌고 내 자리로 왔다. 그러면 나는 얼른 화장실로 몸을 피했다. 차라리 그게 편했다.

화장실에서는 더 이상 듣고 싶지 않은 말들을 안 들을 수 있어 좋았다. 어쩌다 화장실로 피하지 못했을 때는 연필을 깎았다. '뮤지컬'이란 말만 나와도 죄지은 것처럼 속이 뜨끔거려 애꿎은 연필만 깎고, 깎고 또 깎았다. 어쩔 땐 기다랗던 연필이 눈에 띄게 짧아지기도 했다.

"울 엄마가 그러는데, 내가 지금처럼만 연기 연습을 하면 몇 년 후엔 미노 오빠 같은 사람과도 뮤지컬을 할 수 있을 거래. 인기 연예인이 되는 거지, 뭐. 스타가……."

아이들은 옆에서 한솔이를 더 부추겼다.

"우리네 엄마한테 물어보면 되잖아. 스타가 되려면 앞으로 어떻게 하면 좋을지."

"그러게."

어느새, 아이들도 나에 대한 거부감이 사그라지고 있는

것 같았다.

집에 왔더니 엄마는 자고 있었다. 수미 이모가 거실에서 책을 읽다 말고 나를 맞았다. 요즘 엄마 때문에 수미 이모가 집에 와 있다.

"엄만 또 자요?"

이모가 고개를 끄덕끄덕했다.

"그냥 내버려 두자. 사람이 심하게 우울할 땐 저렇게 자고 또 자고 한다는구나. 난 네 엄마를 믿어. 곧 탈탈 털고 일어나실 거야."

나는 내 방으로 들어와 컴퓨터를 켰다. 인터넷 창을 열어 여기저기를 돌아다니다가 엄마 블로그에 들어갔다. 엄마가 잠만 자는 통에 업데이트를 할 거라고 기대하지 않았는데 새 글이 올라와 있었다. 엄마는 엄마답게 솔직한 마음을 써 내려갔다. 가슴이 싸해지는 글이었다. 특히 '모든 것을 잃어버렸다' 라는 대목에서는 내 눈길이 멎어 옴쭉거릴 수가 없었다. 서운했다. 정말 서운했다. 황진이 주연 자리를 뺏긴 것을 두고 '모든 것을 잃었다'고 말했다. 내가 이렇게 버젓이 있는데도 엄마는 모든 것을 잃었다고 했다.

도대체 엄마한테 나는 어떤 존재일까? 엄마가 젊었을 때 어찌어찌하여 실수로 낳은 혹일까? 앞길을 막는 장애물일까? 늘 달릴 준비를 하는 엄마의 발목에 단단하게 채워진 무거운 모래주머니일까?

"모든 걸 잃었다고? 그래서 어쩌라고? 엄마가 잘못한 거잖아."

나는 모니터 앞에서 중얼거렸다.

엄마의 블로그에는 하루에 열 명쯤 다녀간다. 어떤 사람들은 몰래 다녀가기도 하고, 어떤 사람들은 댓글을 남기기도 한다.

그중 한 사람은 내가 아는 사람이다. 바로 수미 이모다. 내가 어렸을 때부터 수미 이모를 '숨 이모'라고 불러서 '숨'이라는 별명을 썼을 것이다. 안 봐도 뻔하다. '나무'라는 사람은 엄마의 글마다 꼬박꼬박 댓글을 달아 놓는다. 특별할 것도, 재미있을 것도 없는 댓글이다. '번개'라는 별명을 가진 사람은 늘 엉뚱한 말뿐이다. 가끔 '전단지 맨'

이란 사람도 들른다. 그런데 모두 다 제정신이 아닌 것 같다.

조금 뒤, 휴대 전화가 울렸다. 휴대 전화 배경 화면을 들여다보았다. 벨소리에 맞춰 번쩍거리는 빛들이 '한솔이'란 이름을 화면 밖으로 밀어내고 있었다. 이번에는 받을까 하다가 관두었다. 전화를 받아 봤자 할 말이 없어서다.

저녁나절에 수미 이모가 밖에 나갔다 들어오더니 싸움소처럼 숨을 몰아쉬며 씩씩거렸다. 밥 대신 죽을 끓이면서도, 반찬을 만들면서도 속에서 천불이 난다고 했다.

"다 그 친구의 작전이었어. 이상하더라니까. 싫다는데도 자꾸 언니한테 술잔을 내미는 게. 그때 내가 말렸어야 했어. 대리운전 불러 준다 하고서 사라져 버린 건 또 어떻고. 모든 게 강혜리의 함정인데 그걸 몰랐어. 그리고 말이야……."

"그만해!"

엄마가 처음으로 입을 열었다.

한숨이 자꾸 나와서 그냥 내 방으로 들어왔다. 그러고는 한솔이가 준 선물을 풀어 모래시계를 꺼냈다. 길쭉한 8자 모양 유리병에 분홍색 모래가 담겨 있었다. 거꾸로 돌려 세웠다. 콩가루처럼 가는 모래가 사르르르 떨어졌다. 유리병 아래 소복이 쌓인 모래가 정말 부드러울 것 같았다.

누가 모래를 사하라사막에서 퍼 왔을까? 그 사람은 끝없이 펼쳐진 사막이 두렵지 않았을까? 달나라도 별나라도 가는 요즘 세상에 푹푹 빠지는 모래밭을 걸어 들어가 땅을 팠을 사람. 아무도 없는 사막에서 세상에서 가장 작은 알갱이인 모래를 파내야 살아갈 수 있는 자신의 모습이 슬퍼서 주저앉지는 않았을까? 어쩌면 엄마가 지금 사하라 사막을 걷고 있는지도 모르겠다. 나도 다리를 끌며 엄마 뒤를 따르는지도.

내가 유리병 속의 모래 알갱이처럼 느껴졌다. 아니, 가시넝쿨 속에 갇힌 탱자처럼 어쩌면 나는 가시에 찔려 아픈 것일 수도 있다.

대한민국 뮤지컬 배우 봉선영입니다

블로그 | 메일 | BGM앨범   메모 | 태그 | 방명록

(bongstar★)

**뮤지컬 황진이 화이팅!
봉선영 화이팅!!**

☆ 나의 이야기 ☆
☆ 여러분의 공간 ☆
☆ 뮤지컬 음악 ☆
☆ 공연 소식 ☆
☆ 공연 사진 ☆

[검색]

희망 ˅

전체 목록 (304)

막은 내려졌고, 난 음주 운전으로 사회에 물의를 일으킨 범죄자가 되고 말았다.
분명, 난 잘못했다. 정말 잘못했다.
감옥에 보낸다고 해도 갈 수 있었다.
벌금이 아무리 많아도 집을 팔아서라도 낼 수 있었다.
차를 뺏겠다면 차도 줄 수 있었고, 평생 차를 타고 다니지 말고 걸어 다니라고 해도 그럴 수 있었다.
잘못했으니 벌을 받는 건 당연하다.
세상의 모든 벌을 다 받겠다. 명동 한가운데서 무릎 꿇고 잘못했다고 백배사죄를 할 수도 있다. 서울 거리의 모든 쓰레기를 치우라고 해도 할 수 있겠다.
그래, 잘못했으니 그래야 한다.
그런데, 그런데……. 난 황진이 역을 못하게 되었다.
엑스트라 15년 만에 따낸 주인공의 자리를 놓쳤다.
명동 한복판에서 전 국민에게 손가락질을 당하는 것

보다, 서울 거리의 쓰레기를 치우는 것보다 더한 벌을 받게 된 것이다.

나는 모든 것을 잃어버렸다.

내 몫의 황진이까지 모두 연기하고 있는 혜리는 벼락 스타가 되었고, 성황리에 공연 중인 뮤지컬 「황진이」는 아마 앞으로도 5년 동안은 전국을 돌며 공연할 것이다. 어쩌면 브로드웨이에서 초청 공연 의뢰가 들어올지도…….

그렇게 되면 혜리는 세계적인 뮤지컬 배우가 되어 내가 누릴 수도 있었던 것들을 모두 누리고, 내가 가질 수도 있었던 것들을 모두 갖게 되겠지.

많이 아프다. 많이 속상하다.

그리고 아주 많이 잘못했다.

댓글 4개 ▼ | 관련 글 보기

나무

선영 님, 힘내세요!

숨 (Hello?)

언니, 언젠간 또 기회가 올 거야. 작은 배역을 크게 소화해 내는 언니를 관객들이 가만둘 리 없어.

번개 🌩

뭐라꼬 위로라도 한마디 해 드릴라꼬 했는디 주문이 들어와서예. 암튼간에 힘내이소마.

전단지 맨 💧

벽보판에 전단지 붙이는 일도 쉽진 않는데 좋은 배우 되는 일이 쉽겠어여? 다 글치, 힘내용~ 아자, 아자!

손톱

맙소사, 인터넷에 엄마의 음주 운전 기사가 떴다.

뮤지컬 배우 봉선영 씨가 음주 운전 혐의로 불구속 기소되었다. 서울 종로 경찰서에 따르면 봉선영 씨는 15일 혈중 알코올 농도 0.116% 만취 상태로 자동차를 몰고 서울 종로구 혜화동에서 동대문 방향으로 시속 40~50km로 달리다 음주 운전 단속반에 의해 적발되었다.

봉선영 씨는 15일에 개막한 뮤지컬 「황진이」의 주연을 맡고 있으나 당분간 출연은 어려울 것으로 보인다. 이런 연예인의 음주 운전…….

 기사 아래에는 숱한 댓글들이 달려 있었다. 뮤지컬 배우 봉선영의 음주 운전만을 다루는 말들이 아니었다. 연예인 음주 운전에 대한 사회적 파장 등의 댓글도 주렁주렁 달렸다. 예전에는 내 엄마가 무단 횡단을 하든 신호등을 무시하든 별로 문제될 게 없었다. 그리고 아무도 관심을 갖지 않았다. 하지만 이젠 달라지긴 달라진 모양이다. 그러니 엄마가 잘했어야 한다. 술을 마시고 운전을 했다고? 제정신이란 말인가? 지겨운 트러블 메이커!

 '뮤지컬「황진이」주연배우 음주 운전 물의 하차', '황진이의 빠른 몰락', '술로 무너진 황진이', '연예인들의 도덕성을 따져 봐야 해', '사회적으로 매장해야 할 배우' 등의 입에 담기도 민망한 악플들도 끝없이 이어졌다. 내 머릿속은 쓰레기통처럼 어수선했다. 혹시 친구들이라도 알게 되면 어쩌나 걱정되었다. 한솔이, 현지, 지영이가 알게 되면 뭐라고 변명을 해야 하나, 막막했다. 창피하고 부끄러워서 죽을 맛이었다. 차라리 투명 인간이 되어 땅으로 푹 꺼지든지 공중으로 사라지고 싶었다.

수미 이모의 노력도 아무 소용없었나 보다. 이모는 여기저기에 전화를 걸었다.

"소문나지 않게 막을 순 없을까요?"

"어떻게든 손을 써야 하는데······."

"며칠만이라도 말이 나지 않게 해 주세요."

하지만 전화를 건 보람도 없이 엄마의 음주 운전 소식은 세상에 널리 알려지고 말았다.

공부도, 독서도, 숙제도 아무것도 손에 잡히지 않아 늦게까지 음악을 틀어 놓고 게임을 했다. 그러다 문득 '엄마가 다시 무대에 설 순 있을까? 앞으로 우린 어떻게 살아야 하지?' 하는 생각이 들었다. 마음이 어두워져서 그냥 잠자리에 들었다. 하지만 속에서 여러 가지 원망이 한데 엉켜 꿈틀거리는 통에 잠을 이룰 수가 없었다. 엄마가 정말 미웠다.

'쯧쯧, 친구네 엄마들은 잘도 살던데, 내 엄만 왜 이럴까? 공부를 봐주고, 내 건강을 챙겨 달라는 것도 아니고, 그냥 엄마 일만 잘하면 되는데 그게 그렇게 힘든가? 엄마 때문에 내가 힘들어지지만 않게 해 주면 되는데 그것마저도 무리야? 형편없는 엄마, 이러려면 날 낳질 말았어야지…….'

까무룩 잠들었다가 번쩍 눈을 떴을 때는 이미 아침 햇살이 창문 틈새를 한참이나 비집고 들어온 뒤였다. 엄마는 아직 자고 있는 것 같았다. 엄마는 보나 마나 뒤척이다가 새벽녘에나 잠들었을 것이다. 황진이의 자리를 내주고 자꾸만 가라앉는 엄마를 보면 안쓰럽기도 하고, 답답하기도 했다.

'엄마가 인터넷 기사를 보면 어쩌지? 할 수 없지 뭐. 엄마 잘못인데 누굴 탓해? 엄마가 책임져야지. 그래도 엄만……. 에라, 모르겠다.'

아침을 우유 한 잔으로 때우고 헐레벌떡 뛰어나왔다. 나처럼 지각한 아이들이 하나둘 보일 뿐 거리는 한산했다. 잘하면 담임이 아직 교실에 안 들어왔을지도 모르겠다. 담임은 요즘 행사 준비로 한참 바쁘다. 담임은 학교 축제와 시에서 주최하는 문화예술제만 해도 눈코 뜰 새가 없으니 우리한테 말 좀 잘 들으라고 몇 번이나 당부했다.

목젖까지 차오른 숨을 헐떡이며 교실 문을 열었다. 드르륵 소리에 갑자기 교실 안이 조용해졌다. 아이들은 나를 보고 얼음 동상이 된 것처럼 일제히 입을 다물었다. 내가 자리에 앉자 상황은 또 달라졌다. 내 쪽을 향해 눈을 흘기는 아이, 나를 위아래로 훑어보는 아이, 속닥속닥 귓속말을 하는 아이, 이를 슬쩍 드러내며 비웃는 아이, 어슬렁어슬렁 제자리로 돌아가는 아이가 있었다.

그때 지영이의 목소리가 터지지 않았더라면 억눌린 고요함은 좀 더 오래갔을 것이다.

"너네 인터넷에 뜬 거 봤지? 뻔뻔하기는……."

영철이가 킥킥거렸다. 옆에 있던 용재가 술잔을 들이키는 시늉을 했다. 아이들이 소리 내어 깔깔깔 웃기 시작했다. 그러자 용재는 신이 나서 운전대를 잡아 돌리는 흉내를 내더니 술에 취한 것처럼 비틀거렸다. 공부 못하고 수

업 시간에 산만하기로 소문난 아이, 일진 무리들에게 날마다 간식거리를 제공하며 얻은 끄트머리 한 자리를 권력의 자리라고 착각하는 용재가 아이들의 즐거운 시선을 한 몸에 받긴 처음이었다. 용재가 눈을 허옇게 뒤집고 쓰러지는 흉내를 내는 대목에서 아이들은 자지러지듯 웃어 젖혔다. 나는 가슴이 벌렁거리긴 했지만 '에이, 설마? 벌써? 아, 아닐 거야.' 했다. 한솔이가 용재의 어깨를 툭툭 치며 "어, 연기 죽이는데? 이번 축제 때 패러디 「안티고네」 하거든. 그때 너 하이몬 해라."라고 할 때까지만 해도 아닐 거라고 생각했다.

"울 엄마가 그러는데, 연예인들은 음주 운전 했다가 걸리면 끝장이래."

순간, 심장이 팽팽하게 부풀어 올랐다. 여기서 한마디만 더 들으면 뻥 하고 터질 수도 있을 것 같았다.

'아냐, 아냐. 다른 연예인을 말하는 것일 수도 있어.'

마음을 다잡고 정신을 차리기로 했다. 교과서를 꺼내려 사물함에 다녀올 때였다. 의자에 앉으려고 몸을 낮추는 순간, 나는 뒤로 나자빠지면서 엉덩방아를 찧었다. 하하하 아이들의 웃음소리가 쏟아졌다. 오싹 소름이 돋을 정도로 컸다. 나는 엉겁결에 벌떡 일어나서 주변을 돌아보았다. 아이들이 모두 현지 쪽을 보며 깔깔대고 있었다.

내 의자를 뒤로 뺀 아이는 현지였다. 내가 씩씩대며 노려보고 있을 때, 현지는 한솔이 쪽으로 얼굴을 돌린 채 다리를 건들거리고 있었다. 팔짱을 낀 한솔이가 현지를 보고 입술 끝을 살짝 올렸다.

"야, 이현지!"

하지만 현지는 내가 부르는 걸 못 들은 체했다. 그때, 한솔이가 현지를 불렀다.

"현지야, 황진이 따님께서 부르신다."

어제 내게 모래시계를 선물하던 아이가 한솔이 맞나 싶었다. 사람이 극과 극의 얼굴을 갖는 데에는 그리 긴 시간이 필요치 않은가 보다. 하루아침에 저렇게 바뀐 걸 보니.

갑자기 속이 울렁거리더니 구역질이 나려고 했다. 처음에는 참아 보려고 했다. 아이들한테 약한 모습을 보이기 싫어서 끝까지 버티려고 했다. 하지만 목구멍을 타고 올라오는 시큼한 기운 때문에 나는 어쩔 수 없이 화장실로 뛰어갔다.

화장실 변기에 대고 허연 우유를 게워 냈다. 웩웩, 배 속에 든 걸 토해 냈더니 눈물이 찔끔 났다. 하필 그때 밑도 끝도 없이 신문에서 읽은 악어의 눈물에 관한 기사가 생각났다.

아주 오래전, 아프리카 밀림 지대에서 있었던 일이다. 동물학자들이 악어를 연구하다가 놀라운 사실을 하나 발견했다. 먹이를 잡아먹는 악어의 눈에 물기가 맺히는 것이었다. 그들은 무척 흥분했다.

"악어가 눈물을 흘려요. 냉혈동물인 악어가 눈물을 흘린다니까요. 아마도 악어는 저보다 약한 동물을 어쩔 수 없이 잡아먹어야 하니까 먹잇감에게 미안한 마음이 들어서 눈물을 흘리는 걸 거예요."

이런 추측은 쉽게 감동하고 쉽게 흥분하는 사람들에게 금세 사실처럼 여겨졌다. 그 뒤로 동물학자들은 또 다른 의미를 찾기 위해 머리를 맞대고 고민하고 말을 만들어 냈다. 하지만 나중에 우연히 진실을 알게 되었다. 악어의 눈물은 먹잇감을 먹기 위해 입을 크게 벌렸을 때 턱관절이 눈물샘을 자극해서 터진 물기였다는 것을. 그들이 했던 말들은 아무짝에도 쓸모없는 것이었다. 몇 날 며칠을 궁리했던 것이 시시하기 짝이 없는 이유에서였다는 걸 안 동물학자들은 모두 말없이 집으로 돌아갔다고 한다.

내가 꼭 어리석은 동물학자 같다. 느닷없는 한솔이의 친절이 조금 부담스럽긴 했지만 한솔이가 가진 또 하나의 얼굴이라 생각하고 마음을 열 수도 있겠다고 생각했던 것이다. 잘난 체로는 일등에다 공부 못하는 애들한테는 얼음장처럼 차가운 아이, 하지만 필요하다 싶으면 언제든 탱크처럼 달려드는 아이의 손을 잡을까 말까 잠시 생각했던 것이 정말 후회가 됐다.

한참을 게워 내고 났더니 기운이 쏙 빠졌다. 몸이 자꾸 처지려고 했지만 힘을 내기로 했다. 엄마는 아무리 몸이 아파도 공연에 빠지거나 연습을 살살하는 법이 없었다. 그

건 내가 유일하게 본받고 싶은 점이다.

뒷문을 열고 교실에 들어왔다. 내 책상이 가까워질수록 왠지 점점 더 불안해졌다. 누군가 내 의자에 껌이나 압정을 붙여 놓진 않았을까, 자리에 앉을 때 또 의자를 뒤로 훅 빼진 않을까 걱정되었다.

청소 도구함 앞에 있어야 할 쓰레기통이 바닥에 아무렇게나 뒹굴고 있었다. 몸뚱이만 한 아가리를 벌린 채 공처럼 마룻바닥을 기고 있었다. 아이들은 아무 말없이 책상 위에 코를 박았다. 폭소를 기다리는 숨 고르기처럼 어색하기만 했다.

내 자리에 다다랐을 때 맨 처음 본 것은 배불뚝이가 된 내 가방이었다. 책상 옆구리에 매달린 가방에서는 쓰레기들이 넘쳐났다. 구겨진 종이와 시험지, 깨진 볼펜들, 빈 우유갑, 과자 봉지 따위의 쓰레기들로 배를 가득 채운 가방은 지퍼가 채 다물어지지도 않았다. 누군가 꽉 찬 쓰레기통을 비운 것이다. 쓰레기를 내 가방에 쏟아부어서…….

하, 기가 막혔다.

그때였다.

"음주 운전에 걸려 공연도 못 한다며? 그러면서도 계속 주연배우 딸 행세를 해?"

한솔이의 말이 갑자기 내 귀를 낚아챘다. 갑자기 몸에 확 열꽃이 피는 것 같았다.

"그러게. 우린 그것도 모르고 애랑 친구 될 뻔했잖아? 재수 없게……."

웃기고 있어, 보란 듯이 한 방을 더 먹이는 지영이를 보고도 참아 냈다.

"엘살바도르라는 나라에서는 음주 운전 하다 걸리면 즉시 사형이래. 우리나라도 그래야……."

나는 벌떡 일어나 한솔이한테 달려들었다. 손끝에 아이의 맨살이 닿았다. 꼬집고 할퀴어 버리고 싶었다. 손톱 끝에 핏방울이 맺혀도 무서울 것 같지 않았다. 하지만 한솔이는 나를 확 밀쳐 냈다.

"얘 미친 거 아냐?"

"그래, 나 미쳤다!"

벌떡 일어나 다시 한솔이를 향해 닥치는 대로 팔을 휘둘렀다. 한솔이도 지지 않고 받아쳤다.

"어머머, 애 좀 봐."

"한솔아, 한 방 날려 버려!"

"그래, 어서!"

여자애들의 목소리가 다급했다. 남자애들은 우우 소리를 내며 몰려와 소싸움 보듯 했다.

"한, 한솔아, 괜찮겠어?"

한솔이의 사랑을 받아 연극에서 하이몬 역할을 맡게 된 용재까지 단단한 의리를 보여 주었다. 친구들의 응원에 힘을 얻은 한솔이가 내 얼굴을 치받더니 머리채를 움켜잡았다.

"나쁜 년!"

정신이 하나도 없었다. 머리가 한 올 한 올 다 뽑히는 것 같았다. 머리 가죽이 다 벗겨질 것만 같았다. 하지만 살갗보다 가슴속이 더 뜨거워서 아무 소리도 내지를 수 없었다.

엄마가 미웠다. 모두 다 엄마 때문이다. 내가 이따위 애들한테 무시당하는 건 모두 엄마 탓이다. 주먹으로 한솔이의 등짝을 내리쳤다. 엄마를 때리듯 한솔이의 몸을 힘껏 쳐 댔다. 그랬더니 한솔이가 내 멱살을 바짝 움켜잡았다. 발길질도 했다. 한솔이는 지치지도 않고 나를 때렸다.

내가 흠씬 두들겨 맞고 있을 때 한 아이가 소리쳤다.

"담탱이 떴다!"

아이들이 후다닥 자리에 앉았다.

"빨리, 빨리! 쌤 온다니까."

아이들이 한데 엉겨든 우리를 뜯어말렸다. 우리는 하는 수 없이 스르르 팔을 풀었다. 머리가 사방으로 뻗쳐 헝클어지고 교복 셔츠도 걸레처럼 구겨져 있었다. 단추 하나는 떨어져 온데간데없었다. 그때까지도 우린 눈에서 힘을 빼지 않았다. 한솔이의 목덜미에 빨간 줄이 보였다. 아이들은 '야, 쟤 무섭다', '어머, 손톱자국이야' 하며 수선을 떨었다. 어이가 없었다. 내 심장에 난 손톱자국은 어떡해야 보여 줄 수 있을까? 분이 안 풀려 씨익씨익 뜨거운 숨을 내뿜고 있는데 찝찌름한 피비린내가 콧속에 찼다. 코피였다.

"쌤, 안 오잖아?"

"그걸 믿냐? 쟤네 그만 싸우라고 그런 거지."

아이들은 여전히 헤헤거렸다.

내가 자리에 앉자, 한솔이는 툭 가시 같은 한마디를 뱉어 냈다.

"그 엄마의 그 딸!"

나는 벌게진 얼굴로 고개를 쳐들었다. 여전히 한솔이 근처에는 아이들이 뭉쳐 있었다. 내가 눈을 치뜨자, 애들의 시선이 내게 한꺼번에 달려들어 발길질을 해 댔다.

대한민국 뮤지컬 배우 봉선영입니다

| 메일 | BGM앨범   메모 | 태그 | 방명록

(bongstar★)

**뮤지컬 황진이 화이팅!
봉선영 화이팅!!**

☆ 나의 이야기 ☆

☆ 여러분의 공간 ☆

☆ 뮤지컬 음악 ☆

☆ 공연 소식 ☆

☆ 공연 사진 ☆

검색

희망

전체 목록 (305)

꿈을 꾸었다.

황진이가 된 내가 아이를 낳고 있었다.

꿈이었기에 육체의 고통은 없었지만, 대신 마음이 너무 아팠다.

하지만 꿈에서 깨기는 싫었다.

황진이가 된 모습으로 내 아이를 만나고 싶어서, 행여 마음이 너무 아파 꿈에서 깨어날까 봐 애써 아픔을 참았다.

태어난 아이는 우리였다. 봉우리, 내 딸!

14년 전 그날, 처음으로 세상에 나온 그때 모습과 똑같은 우리가 내 품에서 방긋방긋 웃고 있었다.

그런데 아이의 해맑은 미소를 보면서도 난 하나도 기쁘지 않았다.

누군가 아이를 나에게서 빼앗아 갈 것 같았다.

아니나 다를까, 나의 등 뒤로 검은 그림자가 쓱 나타

나더니, 미처 피할 겨를도 없이 내 품에서 아이를 빼앗아 갔다.

기생 주제에 무슨 아이야, 넌 황진이야. 황진이는 애를 키울 수 없어.

난 아이를 뺏기지 않으려고 필사적으로 매달렸지만, 아이는 나에게서 점 점 멀어져 갔다.

우리야, 우리야!

몸부림을 치다가 잠에서 깼다.

지독하게 무서운 꿈이었다.

꿈에서 깨어났지만 난 온몸을 떨면서 울었다. 마치 현실에서도 아이를 잃은 엄마처럼.

작은방 문을 열어 잠든 딸아이의 모습을 지켜보았다.

그러고 보니 잠든 아이의 모습을 본 지도 오랜만인 것 같다.

그동안은 일이 바쁘다는 핑계로, 요즘은 내가 받은 상처가 너무 커서 정작 나에게서 가장 소중하고 귀한 존재를 잊어버리고 있었던 것이다.

우리야! 가만히 아이의 이름을 불러 본다.

부르는 것만으로도 가슴이 벅찬 내 새끼.

그래 괜찮다. 그깟 황진이 떠나보내자.

내 옆에는 내 아이가 있지 않은가.

여태까지 나의 바닥을 들여다봤다.

이제 바닥을 차고 올라가는 일만 남았다.

댓글 6개 ▼　|　관련 글 보기

나무

누군가 그러더군요. 골짜기는 낮은 게 아니라고. 봉우리는 높고 골짜기는 깊을 뿐이라고. 봉우리를 향해 올라가려고 하지 않는 사람에게 골짜기는 애초부터 존재하지 않는 이름이라고. 그러니 골짜기에 빠졌다는 식으로 말하지 말라고 하더라고요. 지각변동은 늘 일어난다고.

숨

그래, 이제야 언니 모습을 찾은 거야!

번개

지각변동이라꼬예? 그거는 중국집에서도 일어난다 아입니꺼?

전단지 맨

선영 님의 지각 변동을 위해 우리도 팬클럽 같은 거 만들어요!

┗ **번개**

그거 괴않은 생각이라예.

나무 😊

^^ 쪽지 보냅니다.

아빠 상상 놀이

아침이 싫다. '제발 아침이 오지 않게 해 주세요' 하는 말도 안 되는 기도가 꾸역꾸역 나오려고 한다. 학교가 전쟁터처럼 싫지만 집에 있기는 더 싫다. 그래서 어쩔 수 없이 학교에 가야 한다. 오늘 하루만이라도 좀 즐거웠으면……. 그러다가 아무것도 생각하지 않기로 했다. 될 대로 되라지 뭐…….

바깥공기가 시원했다.

사거리에서 길을 건너려는데 신호등 옆에 커다란 전광판이 보였다.

'어제 서울 시내 교통사고 98건, 사망자 1명, 부상자 134명'

그리고 공기 중의 오존과 미세 먼지의 농도가 나왔다. 끝으로 꼬리를 단 혜성처럼 표어가 전광판의 왼쪽에서 오른쪽으로 지나갔다.

'음주 운전은 온 가족 불행의 시작입니다.'

그 뒤로도 여러 표어들이 전광판에 흘러 지나갔지만 나는 이미 눈동자가 흔들려 읽을 수가 없었다.

터벅 걸음으로 교문 앞에 다다랐을 때에야 엠피스리를 가져오지 않았다는 걸 알았다. 아, 오늘 하루 교실에서 귀를 막을 수 없다는 것이 부담스러웠다. 아이들이 쑥덕거리는 소리를 다 들어야 한다고 생각하니 힘도 빠졌다. 집에 가지러 갈까 하다가 관뒀다. 그때까지 누워 있다가 힘없이 일어서려는 엄마를 또 보고 싶지 않았다.

교문을 향해 걷는 아이들을 따라 멍하니 걷고 있을 때였다. 까만 승용차에서 현지가 내렸다. 나도 모르게 걸음이 멈칫했다.

"딸, 이따 퇴근할 때 호두파이 사 갈게."

현지 아빠가 차창 밖으로 소리쳤다. 하지만 현지는 뒤도 돌아보지도 않고 응, 했다. 전혀 특별할 게 없다는 듯이, 너무나 익숙해서 오히려 귀찮다는 듯이, 그랬다.

'넌 참 복도 많다, 저런 아빠도 있고.'

현지가 부러웠다.

어슬렁거리며 걷고 있을 때였다. 찰칵하는 소리가 들렸다. 얼른 뒤를 돌아보았다. 현지가 휴대 전화를 재빠르게 뒤로 감추었다. 어느새 지영이와 함께였다.

"야, 뭐야?"

갑자기 온몸의 피가 머리 쪽으로 쏠리는 것 같았다. 무시하려 했지만 무시할 수 없는 상황이었다.

"아, 아냐, 아무것도."

"뭐가, 뭐가 아냐?"

지영이가 현지 편을 들었다. 나와 상관없는 일이라고, 자신을 찍는 거였다고 했다. 그때 지영이의 눈동자가 흔들렸다. 그래서 내가 휴대 전화 사진 보관함을 한번 보자고 했다. 현지는 보여 줄 수 없다며 딱 잡아뗐다.

"너지? 여태까지 나한테 합성 사진 보낸 게. 그거 이리 내놔."

"아니야, 무슨······."

현지가 도리질을 쳤다. 날 찍은 게 아니라며 계속 거짓말을 하면서 뒷걸음질을 쳤다. 나는 달려들어 현지의 몸을 감쌌다. 그러고는 뒤춤에 감추고 있는 휴대 전화를 빼앗아 들었다. 현지가 내 손아귀에 들어온 휴대 전화를 빼내려고 안간힘을 썼다. 나는 화가 나서 현지의 휴대 전화를 땅바닥에 힘껏 패대기쳤다. 휴대 전화가 떨꺼덕 소리와 함께 두 동강으로 떡 갈라졌다. 나보다 현지의 눈이 더 크게 벌어졌다. 잠시 후, 현지의 입에서는 신음 소리 같은 울음이 배죽배죽 흘러나오고 있었다. 나는 눈에 힘을 꽉 주고는 땅바닥을 보았다. 휴대 전화 속에 들어 있던 많은 칩들은 배가 갈린 물고기의 내장처럼 이미 쓸모를 잃고 조금씩 숨이 잦아들고 있었다.

어떻게 교실까지 들어왔는지 잘 모르겠다. 현지는 지영

이와 편을 먹고 내게 욕을 퍼부었다. 교실에 들어온 담임한테 내가 자신의 휴대 전화를 막무가내로 내동댕이쳐서 망가뜨렸다고 했다. 담임은 나를 보고 긴 숨을 내쉬었다. '내가 너 그럴 줄 알았어.' 하는 것 같았다.

나는 말없이 마른 코를 훌쩍였다.

"얘가 나를 자꾸 찍어서 합성해서 보낸다고요."

담임은 내 말을 조금도 귀담아듣지 않았다.

"그럼 어디 합성 사진 가져와 봐. 어서!"

"정말이에요."

사진과 문자를 지운 건 내 커다란 실수였다. 그래서 증명할 방법이 없었다. 경찰서에 갈까 하다가 관두었다. 엄마를 붙들고 있던 경찰서, 거기는 절대 다시 가고 싶지 않았다.

담임이 복도로 나가면서 혼자 중얼거렸다.

"애가 이상한 피해 의식을 갖고 있네."

냉큼 그 말을 들은 용재가 뽀르르 한솔이, 현지 패거리에게 달려갔다. 귓속말 뒤, 그들의 웃음소리가 간드러졌다. 신데렐라를 구석에 몰아 두고 구박하는 새엄마와 언니들처럼 그들은 자꾸만 커지고 나는 구석탱이에서 쪼그라들고 있었다.

내 편이 되어 줄 사람은 아무도 없었다. 따라서 말을 할 필요가 없으므로 조개처럼 입을 꾸-욱 다물었다.

집에 와서도 상황은 다르지 않았다. 담임의 전화를 받고 엄마가 펄펄 뛰었다. 체체파리한테 물린 것처럼 내리 잠만 자던 엄마가 이제는 소리를 고래고래 지르고 있었다.

"내가 널 그렇게 키웠니? 왜 남의 물건을 함부로 망가뜨려?"

하지만 나는 이미 학교에서부터 지쳐 있었다.

"그만해, 엄마. 그럴 만한 사정이 있었어."

"사정은 무슨 사정이야? 엄마가 지금 이렇게 힘든데 왜 너까지 이러느냐고?"

짜증이 머릿속에서 송곳처럼 뾰족하게 일었다.

"엄마 힘든 게 내 탓이야? 내가 힘든 게 엄마 탓이지. 말해 봐, 내가 음주 운전 하라고 했어?"

나는 지지 않고 맞받아쳤다. 엄마는 입술만 씰룩거릴 뿐 잠시 할 말을 잃은 것 같았다. 나는 얼른 고개를 돌렸다. 제발 그만하고 싶었다. 학교도 전쟁터, 집도 전쟁터, 이 전쟁터에서 벗어나 그냥 조용히 살고 싶었다. 몸을 돌려 내 방으로 들어가려 할 때였다. 엄마가 또 시작했다.

"너처럼 별난 애는 처음 봐. 엄마 말을 듣긴커녕 바락바락 대들기나 하고. 힘들게 낳아 키워 놨더니……."

엄마는 핏기 없는 얼굴과 부스스한 머리, 날카로운 눈초리가 한데 어우러져 사자처럼 보였다. 하지만 나는 이미 너무 화가 나 있어서 엄마가 전혀 무섭지 않았다.

"엄마가 날 어떻게 키웠는데?"

순간, 엄마 얼굴이 종이 공처럼 구겨졌다.

"뭐, 뭐라고?"

"엄마, 내가 어떤 음식 좋아하는지는 알아? 내가 누굴 좋아하고 싫어하는지, 어떤 옷이 입고 싶은지, 생리할 때 얼마만큼 아랫배가 아픈지는 알아? 엄마 없는 빈집에서 혼자 식은 밥 먹으면서, 라면 끓여 먹으면서 무슨 생각하는

지는 알아?"

고개를 빳빳이 들고 엄마 얼굴을 쳐다보았다. 입을 한 번 열었더니 봇물처럼 자꾸만 말이 쏟아졌다. 중간에 멈출 수가 없었다.

"엄마, 내가 초등학교 다닐 적에 왜 학예회 때마다 자작시 낭송만 했는지 알아? 무언가를 함께할 친구가 없었기 때문이야. 마음을 터놓을 친구 하나를 아직도 만들지 못했어. 내가, 바로 내가, 엄마 딸이……."

손바닥으로 가슴까지 탁탁 두드렸다.

"네가 친구를 못 사귄 게 내 탓이야?"

"응, 그럴지도 몰라. 친구랑 친해지면 집 이야기도 하고 가족 이야기도 해야 할 텐데 친구가 물으면, 아빠에 대해 물으면 뭐라고 말해? 누군지 모른다고 해? 태어나서 단 한 번도 본 적 없다고 어떻게 말하느냐고!"

"뭐, 뭐, 뭐라고?"

엄마가 말을 더듬거렸다. 내 안에서 웅어리졌던 말들을 다 쏟아 내자 엄마는 몸 안에 있던 기운을 모두 내보내 버린 것처럼 맥이 풀려 보였다. 엄마는 뭐라 뭐라 혼잣말을 하더니 안방으로 들어갔다. 나는 미칠 것만 같았다. 우리 모녀가 하찮게 느껴져서 견딜 수가 없었다. 펄쩍펄쩍 뛰어서 기분만 나아진다면 달나라까지라도 뛰어오르고 싶었다. 나도 축 처진 몸을 끌고 내 방으로 들어왔다. 속이 울렁대고 어지러워서 침대에 누웠다.

엄마도 힘들고 나도 힘든 지금, 아빠가 있다면 얼마나 좋을까 생각했다. 그래서 부모는 두 사람인가 보다. 한 사람이 지치고 힘들 때면 또 한 사람이 일으켜 주라고.

참 오랜만에 아빠 생각을 해 본다. 예전엔 지금보다 훨씬 자주 아빠 상상 놀이를 했다. 우리 아빠는 어떤 사람일까? 지금 어디에 있을까? 어떻게 생겼을까? 상상하다 보면 웃음이 날 때도 있었다. 댄스 가수일 때도 있었고, 아이들을 가르치는 선생님일 때도, 소설을 쓰는 작가일 때도 있었다. 물론 잘 다려진 새하얀 와이셔츠를 입고 열심히 일하는 회사원일 때도 있었다. 그런데 그런 아빠가, 가끔은 내 생각도 할까?

어렸을 때 아빠에 대해 물어보면 엄마는 이렇게 말했다.
"정말 훌륭한 분이었어. 하늘만큼 땅만큼 사랑했는데 보낼 수밖에 없었어. 너한테도 아빠한테도 미안하지 뭐."
그럴 때마다 내 가슴속에서는 형체가 희미했던 멍울들이 뚜렷하게 나타났다가 이내 사라지곤 했다.

대한민국 뮤지컬 배우 봉선영입니다

| 메일 | BGM앨범   메모 | 태그 | 방명록

(bongstar★)

뮤지컬 황진이 화이팅!
봉선영 화이팅!!

☆ 나의 이야기 ☆
☆ 여러분의 공간 ☆
☆ 뮤지컬 음악 ☆
☆ 공연 소식 ☆
☆ 공연 사진 ☆

검색

희망

전체 목록 (306)

딸

내 딸이 태어난 지 벌써 열네 해가 넘었다.
아이가 태어난 날을 생각하니 속이 아려 온다.
진통은 생각했던 것보다 지독했다.
어른들 말처럼 하늘에 별이 보일 정도로, 뼈마디가 다 부서져 나가는 것만큼 아팠지만, 그 아픔은 얼마든지 견뎌 낼 수 있었다.
내 아이가 나를 만나러 오는데, 이 정도의 고통을 이기지 못한다면 엄마라고 할 수도 없는 것이니까. 모든 엄마들이 다 겪는 일이니까. 하지만 내가 정말 아팠던 건, 내 아이가 태어나는 순간을 나 혼자 지켜야 한다는 것이었다.
외로워서 아팠고, 내 아픔을 아이가 닮을까 봐 아팠다.

하지만 울지 않았다. 울 수가 없었다.

나의 그런 아픔을 한꺼번에 씻어 줄 만큼 딸아이는 예쁘고 사랑스러웠다.

처음 만난 아이에게 난 고백했다.

"안녕? 내가 네 엄마야. 내 딸로 태어나 줘서 고마워. 넌 하늘이 내게 허락한 가장 큰 축복이야."

난 오랫동안 기도했다.

사랑스러운 아이를 지키게 해 달라고. 내가 내 아이의 엄마로 늙어 가게 해 달라고.

그리고 이렇게 시간이 흘렀다.

간절했던 기도 덕분인지, 아이는 내 곁에서 무럭무럭 자라고 있고, 난 엄마로 한 살, 두 살 나이를 먹으면서 늙어 가고 있다.

아이를 처음 만났을 때, 세상에서 제일 좋은 엄마가 될 거라는 다짐이 무색하게도 난 좋은 엄마가 못 되었다.

아이를 재워 놓고 연극 연습을 하러 나가 밤을 새우고 돌아온 날도 있었고, 비 오는 날 아이를 업고 연극 포스터를 벽에 붙이러 돌아다니다가 아이를 폐렴에 걸리게 한 적도 있었고, 여름 바닷가에서 아이를 잃어버린 적도 있었으며, 밤늦도록 연극 연습을 하고 돌아온 다음날 아침에는 너무 피곤해서 아이를 빈속으로 학교에 보낸 적도 많았다. 아이의 교복을 다려 준 적도 없었고, 아이의 실내화는 자주자주 더러웠으며, 아이가 어렸을 적에는 머리 손질해 줄 시간이 없어 사내아이처럼 머리를 짧게 잘라 주기도 했다.

겉으로는 당당한 척 '내 아이의 엄마'라는 자리를 자랑스러워했지만, 나라고 후회가 없었겠는가. 나라고 마냥 행복하고 좋았겠는가.
어떤 날은 도망가고 싶었고,
어떤 날은 아무 눈치받지 않고 엉엉 소리 내어 울고도 싶었고, 어떤 날은 쓰러지고도 싶었다.
하지만 그 모든 순간에 아픔을 견뎠다.
내 아이 덕분에.

열네 살이 된 내 아이는 이제 나의 보호자가 되었다.
아픈 엄마를 위해 죽도 끓여 주고, 잘 흘리고 다니는 엄마의 물건도 대신 챙겨 주고, 건망증이 심한 엄마 때문에 곳곳에 메모지를 놓아둘 정도로 자랐다.

사람들이 부러워할 정도로 손댈 곳이 없는 내 아이.
부족하고 못난 나의 딸이 되기엔 너무나 아까운 아이.
하지만 난 가끔씩, 아니 자주자주 잊어버린다.
내가 내 아이의 엄마라는 것을.
그리고 자주자주 착각을 한다.
당연히 내 아이가 바르게 자라고 있다고, 엄마를 먼저 생각하고 챙기는 아이로 커 가고 있다고…….

오늘, 처음으로 아이의 외로움을 봤다.
어쩌면 내 아이도 외로울 수 있겠다고 생각은 했지만, '아냐, 그래도 내 아이는 잘 견뎌 낼 거야. 나처럼. 아무 문제없어.' 라며 애써 외면했던 내 아이의 외로움을 봤다.
나도 모르는 사이, 내 아이도 조금씩 주저앉고 있었다.
난, 하늘이 나에게 허락한 축복들을 망쳐 버리는 재주가 있나 보다.
뮤지컬 「황진이」도 그리고 나의 아이도.

댓글 4개 ▼ | 관련 글 보기

나무

난 왜 그때 선영 님 곁에 없었을까요? 왜 이제 와서야 선영 님과 가까워졌을까요? 미안해요, 아무런 힘이 되어 주지 못해서.

숨

뭐야, 언니! 눈물 나잖아.

번개

인생 뭐 별거 없더라예, 그냥저냥 사는 거지예.

전단지 맨

아, 나도 울 엄마 생각나여. ㅠㅠ

엄마의 팬클럽

 한바탕 전쟁을 치르고 나서부터 우리 집에서는 아무 소리도 나지 않았다. 그릇이 달그락거리는 소리, 엄마가 전화 통화하는 소리, 물소리, 문소리 그리고 웃음소리까지 모두 사라졌다. 마치 오디오의 음소거 버튼을 누른 것처럼 우리 집은 어떤 소리도 내뱉지 못했다. 엄마와 나 누구도 먼저 입을 벌리지 않았다. 이렇게 살 수도 있구나 싶었다.

 수미 이모가 왔다. 엄마와 한참 동안 이야기한 뒤에 내 방으로 왔다.

 엄마가 널 얼마나 사랑하는 줄 아느냐, 넌 엄마의 자긍

심이다, 먼저 가서 사과해라 등등……. 수미 이모는 많은 말들을 한데 쏟아 놓고 갔다. 마음 써 주는 건 고맙지만 나도 어쩔 수가 없다. 그냥 아무 기운도 나지 않았다.

엄마가 저녁나절에 밖에 나갔다 오더니 내게 쇼핑백을 내밀었다.

"입어 봐, 너한테 잘 어울릴 거야."

다른 때 같았으면 이걸 사느라 얼마나 많은 시간을 쓰고, 다리품을 팔았는 줄 아느냐며 허풍을 떨었을 텐데 뒷말은 없었다. 나는 옷을 꺼내 보고는 기절할 뻔했다. 세상에, 만화영화 주인공이나 입을 법한 알록달록한 원피스였다.

"누가 무대복 사 달래?"

내 말에 엄마의 얼굴에 당혹감이 스쳤다. 아직까지 내가 어떤 옷을 좋아하는지, 무슨 색깔을 좋아하는지도 모르는 엄마가 바로 내 엄마다. 인정하기 싫지만 맞는 말이다.

엄마가 부엌으로 쿵쿵 걸어갔다. 그리고는 찬물을 벌컥벌컥 마시는 걸 보니까 내가 너무했나 싶었다. 그렇지만 무대복을 입고 외출할 수는 없지 않은가.

다음 날까지도 마음이 개운하지 않았다. 나도 엄마의 마음을 풀어 주고 싶었다. 그래서 학교 갔다 오는 길에 액세서리를 파는 노점상에 들렀다. 진짜 귀금속 가게에서 팔아도 될 것 같은 물건들이 쫙 펼쳐져 있었다. 가짜 금이라고 해도 모양은 참 예뻤다. 엄마한테 가장 잘 어울릴 것 같은 황금 별 귀고리를 샀다. 엄마가 선물을 받고 깜짝 놀라며 '뭘 이런걸…….' 하며 웃겠지? 금세 기분이 화창해졌다.

집에 와서 엄마가 잘 볼 수 있는 곳에 황금 별 귀고리를 올려 두었다. 엄마가 거실을 왔다 갔다 하다가 마침내 그걸 보았다. 손으로 집어 들며 "이게 뭐니?"라고 했다. 나는 목에 힘을 주었다.

"엄마한테 잘 어울릴 것 같아서 하나 샀어."

다음에 터질 환호와 칭찬을 기대하며 어깨도 으쓱했다. 하지만 엄마는 단번에 모든 걸 무너뜨렸다.

"난 이런 가짜는 못해. 알레르기 있잖아. 몰랐니?"

역시 엄마는 오늘도 나를 실망시키지 않았다.

방에서 음악을 들으며 책을 읽고 있을 때, 엄마가 비장한 얼굴로 들어왔다.

　"우리야, 널 위해서라도 엄마가 힘을 내 볼게. 그래서 다시 오디션을 보려고."

　여태 고민, 고민해서 내린 결론이 고작 '다시 오디션을 보겠다'였다니 딱 엄마다웠다. 늘 이렇게 엄마는 자기만 생각한다. 내 생각은 어디에도 없다. 엄마는 내 반응을 살피기도 전에 이미 바빠져 있었다. 잠잠했던 휴대 전화가 다시 울려 대기 시작한 것이다.

　엄마는 다음 날부터 아침 일찍 일어났다. 꿍얼꿍얼 대사를 외우기도 하고, 목청을 다듬고 거울을 보며 표정 연습을 하기도 했다. 오랜만에 보는 엄마의 배우 얼굴이었다. 어쩌다 소파에 넋을 놓고 앉아 있을 때도 있긴 했지만 아주 가끔이었다. 엄마가 온종일 잠만 잘 땐 어서 바빠졌으면 했다. 하지만 바쁘게 움직이는 엄마도 별로였다. 물론 텅 비었던 집이 조금씩 조금씩 채워지는 느낌이 들긴 했지만 그렇다고 완전히 반가운 건 아니었다. 어쩌다 엄마가 콧노래라도 부르면 화가 나기도 했다.

'엄마도 참……. 내가 누구 때문에 학교에서 이 고생을 하는데…….'

엄마가 기운 없는 채로, 고장 난 기계처럼 사는 걸 원치 않으면서도 이런 생각이 들었다. 나도 뭐가 뭔지 자꾸만 헷갈렸다.

엄마는 사람들한테 전화를 걸어 약속을 잡았다. 전화를 받지 않는 사람에게는 꼬박꼬박 음성을 남기기도 했다.

"내 전화를 피해? 두고 봐."

만화영화에 나오는 마녀처럼 눈초리를 치뜨기도 했다.

아무튼 엄마가 나를 좀 봐 줬으면 했다. 내 몸 군데군데 난 흐릿한 멍 자국도 발견해 줬으면 했다. 나의 중학교 생활이 어떤지 관심을 좀 가져 줬으면 했다. 하지만 엄마는 내 멍을 들여다보기에는 너무나 바빴고, 내 상처를 들여다보기에는 엄마 상처가 너무나 컸다. 내가 짧은 소매를 입었는데도 엄마는 나의 멍 자국을 눈치채지 못했다. 한솔이와의 몸싸움이 가져온 생채기는 생각보다 오래갔다. 엄마한테 요새 힘들다고 말할까 하다가 얼른 고개를 저었다. 그 일에 대해 입을 벌리기가 구차해서다.

예전에는 속을 터놓을 친구도 하나 없어도 아무렇지 않았는데 요새는 이상하다. 누가 내 말을 좀 들어 줬으면 할 때가 있다.

엄마가 낮에 있었던 일을 이야기했다. 새내기 배우 시절을 함께했던 친구를 십여 년 만에 만났단다. 그것도 오디션장에서.

"너무 반가운 거 있지? 그때 걘 여섯 번째 난쟁이였고, 난 일곱 번째 난쟁이였거든. 난쟁이들끼리 만난 거지. 얼마나 웃기니? 난쟁이들이 만났다니!"

엄마가 큰 소리로 깔깔거렸다. 엄마가 그렇게 웃는 건 정말 오랜만이었다.

"쳇, 난쟁이들끼리 만나서 퍽이나 좋기도 하겠다."

나는 비꼬았지만 엄마는 혼자 웃느라 내 말을 못 들은 것 같았다.

"근데 그 사람은 거기 왜 온 거야? 오디션 보러 왔대?"

"아니, 그 사람은 제작자야. 오디션 심사하러 왔더라고. 난 배역을 따러 간 거고, 황진이가 그렇게 됐으니 다른 일이라도……."

후훗, 웃음소리만큼이나 빠르게 엄마 눈이 촉촉해졌다. 정말 징그러워 죽겠다. 황진이 배역의 아쉬움은 언제쯤 엄마한테서 사라질까? 지금도 신문에서 뮤지컬「황진이」의 기사가 나오면 금방이라도 눈물이 터질 것 같은 표정을 지었다. 특히 황진이 배역을 단독으로 맡은 강혜리 씨의 인터뷰 기사가 나왔을 때는 어쩔 줄 몰라 했다. 나는 얼른 여섯 번째 난쟁이로 말을 돌렸다.

"그럼 그 난쟁이는 이제 연기는 안 해?"

엄마는 고개를 끄덕였다. 여섯 번째 난쟁이는 그동안 유학을 갔다 왔다고 했다. 엄마는 그동안 나를 키웠고, 쉬지 않고 무대에 섰고, 황진이 주연까지 땄고, 그러다 음주 운전을 했고, 지금 이렇게 열심히 또 다른 배역을 따러 다닌다고 했다. 친구가 달랑 유학 다녀온 일, 한 가지를 하는 사이에 엄마는 정말로 숱한 일들을 경험했다고 했다. 그래서 내가 '좋-오겠네.' 하며 비꼬다가 하도 어이없어서 따라 웃었다.

"아, 참 깜박했다. 우리야, 내 팬클럽이 만들어졌어! 어때, 엄마 대단하지? 창단식도 할 거야."

"뭐? 팬, 클, 럽?"

엄마 블로그에 올라온 댓글들은 봤지만 농담인 줄 알았다. 팬클럽이 이렇게 슬그머니 만들어질 수도 있나 싶었다. 미노의 팬클럽만 봐도 그렇다. 정기 모임 때 회원들은 현수막을 걸고 피켓을 만들고 단체 티셔츠까지 맞추며 요란을 떨었다. 현지도 마찬가지였다. 피켓에 써넣을 글 한 줄을 생각해 내느라 밤을 꼬박 새웠다고도 했다. 가만 보면, 미노가 유명해서 팬이 만들어진 게 아니라, 팬들 때문에 유명해진 것 같았다.

엄마의 팬클럽은 '나무'라는 별명을 가진 엄마의 팬이 만들었다고 했다. 여자인지 남자인지 모르는 그 사람은 아주 오래전부터 뮤지컬 「황진이」의 첫 공연까지 엄마가 나오는 공연은 죄다 보았다고 했다. 우연히 대학로 야외무대에 오른 엄마의 연기에 반해 열렬한 팬이 되었다고 했다.

나는 속으로 '나무'가 남자였으면 했다. 엄마가 힘들 때 말벗이 되어 줄 수 있는 남자 친구, 그리고 만약에 엄마와 내가 다투기라도 하면 우리 모녀를 피자집으로 데려가 "맛있게 먹어." 하면서 백만 불짜리 미소를 너그럽게 지어 주는 그런 센스쟁이, 게다가 한 가지 더 욕심을 부리자면 나의 철없는 엄마한테 '딸에게 꼭 해 줘야 할 일 스무 가지'를 조목조목 적어서 가르쳐 주는 남자 친구였으면 더욱 좋겠다. 여러 생각 사이를 어슬렁거리고 다니는데 덜컥 짚이는 것이 있었다. 며칠 전에 보니 나무가 남긴 댓글에 '쪽지 보냅니다.'가 있었다. 혹시나 엄마랑 지금쯤 사귀고 있는 건 아닐까? 기대가 수소 풍선처럼 순식간에 부풀어 올랐다.

"엄만 이런 사람이야. 한 번 팬을 영원한 팬으로 만드는 배우라고. 어때? 멋지지? 히히히."

엄마는 블로그에서 오고 갔던 이야기들을 말해 주었다. 나는 처음 듣는 이야기처럼 반응했다.

"흥, 뭐 그런 게 다 있어? 근데 괜찮은 사람들 같아?"

'내가 보니까 거기에 멀쩡한 사람들은 없는 것 같던데.'

뒷말은 목젖 아래로 꿀꺽 삼켰다.

일부러 그런 건 아닌데, 엄마한테 감추는 비밀들이 자꾸 생겨서 마음이 불편했다. 그렇다고 굳이 말하고 싶지도 않았다.

내일 저녁에는 '봉선영을 사랑하는 사람들의 모임'인 엄마 팬클럽 '봉사모' 창단식이 있다고 했다. 얼마나 많은 사람들이 올까? 블로그 방문자는 비록 열 명 남짓이었지만 엄마의 광팬 '나무'의 활약으로 더 많은 사람들이 오지 않을까? 어쩌면 식당이 비좁을지도 모르겠다. 그렇게만 된다면 엄마의 팬클럽 힘으로 엄마를 다시 황진이로 만들어 놓을 수도 있지 않을까?

방에서 숙제를 하는 내내 엄마의 팬클럽이 생각났다. 내가 지옥 같은 학교생활을 하는데도 아무것도 모르는 엄마는 지금 신이 나 있다. 섭섭하긴 하지만 한편으로는 엄마가 대단하다는 생각이 든다. 똑같이 상처받고 힘든 상황에서도 엄마는 벌떡벌떡 일어나기 때문이다. 순간 나를 괴롭히는 아이들의 얼굴이 떠올랐다. 머리에 붙은 먼지를 털어 내듯 얼른 머리를 흔들었다. 다신 떠올리지 않겠다고 마음먹었다. 한솔이가 준 모래시계도 서랍 구석에 처박았다. 보기 싫었다. 갑자기 심장이 빠르게 벌렁거렸다.

다음 날 아침, 학교로 한솔이 엄마가 찾아왔다. 가슴이 철렁했다. 내 눈은 급하게 한솔이를 찾았다. 지영이와 귓속말을 하며 히히덕거리던 한솔이는 나를 보더니 사납게 눈을 흘겼다. 목에 붙인 일회용 반창고가 머리카락에 가려 보일락 말락 했다.

한솔이 엄마는 선생님과 복도에서 이야기를 나누었다. 남자애들이 가만있는 나를 쿡쿡 찔렀다.

"야, 봉우리. 네 이야기한다."

"아냐, 얘네 엄마 아빠 이야기해."

"얜 아빠 없거든. 모르면 가만있어."

모두 다 듣기 싫었다. 나를 그만 좀 내버려 뒀으면 좋겠다. 하지만 아이들은 쉴 새 없이 쫑알거렸다. 연예인, 술,

아빠, 거짓말, 미혼모 따위의 말들이 교실 안에서 둥둥 떠다녔다. 귀를 막아도 들렸다. 미칠 것 같았다. 내가 참다못해 벌떡 일어나 소릴 질렀다.

"야, 너네 울 엄마 보고 헛소리하면 다 죽을 줄 알아!"

복도에 있던 담임이 놀라 교실 문을 벌컥 열었다. 이내 교실 안이 잠잠해졌다. 이상하게도 내 가슴이 후련했다.

학교가 끝나자마자 집으로 달려왔다. 시간이 갈수록 학교에서 발을 딛고 있는 내 땅이 줄어드는 기분이다. 그래서 도망치듯 왔더니 엄마는 내 기분이 좋든 말든 내가 왕따를 당하든 말든 콧노래를 부르며 화장을 하고 있었다.

나는 엄마한테 툭 내뱉었다.

"엄마, 기분 좋아?"

엄마는 거울을 들여다보며 말했다.

"당연하지. 처음으로 만들어진 팬클럽인데……."

세상에! 내 엄마처럼 속 편한 엄마는 또 없을 거다. 딸의 기분이나 생활과는 상관없이 오로지 엄마 마음대로 행복했다 불행했다 한다.

"우리야, 너도 어서 준비해!"

"나도 가? 왜?"

엄마가 돌아보았다.

"어머, 넌 내 팬 아니니?"

"아닌데……. 한 번도 그런 생각해 본 적 없어……."

아무튼 지금 나는 엄마를 좋아하는 사람들의 모임에 갈 기분이 아니었다. 낮에는 실컷 애들한테 놀림감이 되고, 밤에는 엄마의 응원단이 되어야 한다니 내 꼴도 참.

결국 나는 엄마의 성화에 못 이겨 하는 수 없이 집을 나섰다.

엄마는 내 손을 꼭 잡고 걸었다. 귀찮긴 했지만 손을 빼진 않았다. 엄마는 오른발, 왼발 하며 나랑 발도 맞추었다.

'어떤 사람들이 올까? 오빠나 언니들도 있을까?'

은근히 호기심이 일기도 했다.

만나기로 한 식당 앞에 우뚝 서서 엄마는 내게 얼굴을 디밀었다.

"화장은 잘 먹었니?"

"그래."

나는 톡 쏘았다. 엄마는 그래도 벙싯거렸다.

"우리야, 엄마처럼 우아하게 걸어. 어깨 펴고……. 자, 너부터 들어가."

엄마가 뒤로 빠졌다. 나는 식당 문고리를 잡은 채 숨을 골랐다. 문을 활짝 열어젖히면 어떤 장면이 펼쳐질까? 어쩌면 천장에 떠 있는 수백, 수천 개의 풍선과 현수막, 시위하는 사람들이 드는 피켓보다 더 큰 피켓들 그리고 감격에 겨워 눈물을 흘리는 사람들로 식당 안은 이미 뜨겁게 달궈져 있을지도 모른다. 깜짝 놀랄 만큼 큰 함성을 듣는 건 아닌가 싶어 마음을 단단히 먹었다. 눈을 한 번 크게 감았다 뜨고는 또 다른 세상으로 통하는 문처럼 무거운 문을 쭉 밀고 식당 안으로 들어갔다.

나는 정신이 번쩍 들었다.

"엄마, 여기 맞아? 확실해?"

식당 안이 너무나 조용했던 것이다. 뒤따라온 엄마는 아무렇지도 않게 응, 했다.

"어서 오세요."

직원들의 인사도 듣는 둥 마는 둥 하며 식당 안을 훑어 봤지만 단체로 온 사람들은 없었다.

"어머, 봉선영 님. 여기예요!"

어떤 아줌마가 손을 추켜들었다. 옆에는 열 살쯤 되어 보이는 여자아이와 뽀글머리 아줌마가 있었다.

헉, 놀란 나는 엄마를 쳐다보았다.

'뭐지? 뭐 이래? 팬클럽 창단식이라며?'

엄마는 내 표정을 읽을 겨를이 없었다. 자석처럼 그들에게 이끌려 활짝 웃으며 갈 뿐.

세 사람이 뒤따라 들어오며 '봉선영 님 팬클럽'을 찾았다. 식당 직원들이 우리 자리로 안내하고는 뒤돌아 가면서 키득키득 웃었다. 내 얼굴이 다 화끈거렸다. 이렇게 해서 우리 엄마 팬클럽은 우리 모녀 합쳐 여덟 명이 되었다. 어른 여섯 명에 어린이 두 명. 마음 같아선 자리를 박차고 뛰쳐나가고 싶었다. 창피하기도 하고 자리가 불편하기도 했다. 하지만 엄마 얼굴을 봐서 그럴 수도 없었다. 게다가

"에구, 엄마랑 붕어빵이네요. 정말 예뻐요.", "이런 딸 있어서 좋으시겠어요."라는 인사말까지 들은 터라 엉덩이만 궁싯거릴 뿐 잠자코 있어야 했다.

잔뜩 기대했던 닉네임 '나무'는 남자가 아니었다. 키가 작고 통통한 아주머니였다. 게다가 옆에는 코알라처럼 딱 달라붙어 징징거리는 딸도 있었다. 아, 정말 실망이었다.

뽀글머리 아줌마는 나무 아줌마네 아파트 부녀회장이라고 했다. 연예인을 볼 수 있다는 말에 따라왔단다. 파란색 플라스틱 슬리퍼가 압권이었다. 게다가 엄마에 대해 전혀 모르고 있었다.

그 옆에 있던 아저씨가 스스로를 번개반점 오토바이 왕자라고 소개했다. 말끝마다 중국집 이야기로 댓글을 달았던 '번개' 아저씨인데 햇볕에 그을렸는지 얼굴이 자장면처럼 까맸다.

스무 살쯤 되어 보이는 오빠는 광고 전단을 붙이는 아르바이트를 하는데 뮤지컬「황진이」포스터 속 엄마가 예뻐서 팬이 되었다고 했다. 엄마가 했던 첫 공연도 봤는데 정말 좋았다고. 그 공연이 첫 공연이자 마지막 공연이었다고 친절히 말해 주려다 꾹 참았다.

또 그 오빠는 엄마가 공연하는 뮤지컬 「황진이」를 다시 보고 싶다고 말해 엄마를 감동시켰다. 여기까지만 들었으면 좋았을 뻔했다. 티켓값을 버느라 사흘이나 야근했다는 말은 빼고……. 그때 배고파 죽는 줄 알았다는 말에 쓸데없는 말까지 덧붙였다. 역시나 실망이었다.

그 옆에 앉은 아가씨는 뮤지컬 「황진이」 주연배우를 만나러 멀리서 왔다고 했다. 떨리는지 손으로 가슴을 누르며 소개하는데 전화벨이 울렸다. 엄마가 받으라고 공손히 손짓을 했다. 그랬더니 정말 큰 목소리로 받았다.

"황진이 주연배우가 거기 있다고? 여긴? 아냐? 배우 강혜리 씨라고? 아, 알았어. 갈게."

엄마의 얼굴이 허예졌다. 나무 아주머니도 안절부절못했다. 아가씨는 전화를 끊자마자, 꾸벅 코가 땅에 닿게 인사를 하고는 스르르 사라졌다. 정말 실망이었다.

싸해진 분위기와 어색함을 털어 내려 나무 아줌마가 자

꾸 말을 했다. 이마에 땀이 송글송글 맺혔다.

엄마의 팬클럽 창단식은 엄마 블로그의 댓글 놀이와 똑같았다. 나무 아줌마가 행사 진행을 하려고 했지만 회원들이 자꾸 뜬금없는 소릴 해서 분위기를 깼다.

"앞으로 우린 봉선영 님을 응원해 줘야 하는데……."

불쑥 부녀회장 아줌마가 끼어들었다.

"시립 응원단 참 응원 잘하대. 농구 경기할 때 보니까 끝내주던 걸. 난 깜짝 놀랐다니까."

번개 아저씨는 한술 더 떴다.

"농구 갱기 있는 날은 말입니더, 군만두 써비스 없이도 탕슉 자알 나갑니더. 그래 봐야 뭐하겠심니꺼 사장님만 좋지 배달하는 난 심들어서 원……."

이번엔 전단지 오빠가 나섰다.

"혹시 그런 날은 알바생 안 필요하세요?"

그 말이 끝나기가 무섭게 부녀회장 아줌마가 자리를 박차고 일어났다. 모두들 눈이 휘둥그레졌다.

"그이가 오늘 늦는다고 하더니 벌써 퇴근했다고 문자가

왔네. 난 저녁밥 차려 줘야 해서 먼저 갈게요."

우리 엄마 팬클럽은 정말 막강했다. 어떤 사람 하나 멀쩡하지 않다는 걸 다시 한 번 확인시켜 주었다. 분위기 파악 못하기로 전국에서 소문난 사람들만을 기막히게 쏙쏙 뽑아 온 것 같았다.

결국 번개 아저씨도, 전단지 오빠도 가고, 나무 아줌마와 엄마만 남았다. 두 사람은 자매처럼 다정했다. 하지만 나와 아줌마의 딸 지나는 그때까지도 말을 트지 못 했다.

나무 아줌마네와 헤어지고 엄마와 나는 천천히 걸어서 집으로 향했다.

"나 참 기가 막혀서. 엄마 팬클럽은 왜 저래? 여덟 명이 뭐야? 여덟 명이······."

엄마가 땅바닥을 보며 말없이 빙긋 웃었다.

대한민국 뮤지컬 배우 봉선영입니다

로그 | 메일 | BGM앨범   메모 | 태그 | 방명록

(bongstar★)

**뮤지컬 황진이 화이팅!
봉선영 화이팅!!**

☆ 나의 이야기 ☆

☆ 여러분의 공간 ☆

☆ 뮤지컬 음악 ☆

☆ 공연 소식 ☆

☆ 공연 사진 ☆

검색

희망

전체 목록 (307)

무대로 가자

인생은 바다. 살다가 흘린 눈물이 모여 이룬 바다 같은 것. 그래도 행복한 이유. 깊은 그곳에 사랑이 있어.
비로소 나 이젠 알아. 가질 수 없는 사랑.
다 버려야만 그 사랑 갖게 되는걸.
더 비울수록 가득한 내 마음속에 그대와 함께 있어요.

황진이의 피날레 노래다.
처음이자 마지막으로 불렀던 노래, '인생은 바다'.
황진이를 버린 뒤에야 노래의 뜻을 알 것 같다.
오늘 바다 같은 사람들을 만났다. 나를 사랑한다는 사람들. 이름하여 '뮤지컬 배우 봉선영을 사랑하는 모임'.
비록 채 열 명도 안 되는, 팬클럽이라고 말하기에도 민망한 인원이 모였지만, 그들로 인해 난 다시 한 번 내가

배우 봉선영임을 깨닫는다. 다시 무대로 가야겠다.

그곳이 크든 작든 관객이 만 명이든 한 명이든.

댓글 5개 ▼ | 관련 글 보기

번개

설마요~ 관객이 한 명은 넘는다 아입니꺼.

나무

그러게요. 오늘 모인 팬만 해도 어딘데요. 오늘 만나서 반가웠어요. 그리고 절 만나 주셔서 감사해요.

전단지 맨

선영 님 공연 또 보고 시퍼여. 진짜루~!

숨

그런 자리에 날 불렀어야지. 내가 빠진 팬클럽 미팅이라니. 나, 삐짐이야! 흥!

　　ㄴ **나무**

　　　다음에 꼭 만나요.

왕따

 '뻥쟁이 너, 거짓말쟁이 너, 왕재수 너 좋은 말로 할 때 깝치지 마라. ㅋㅋ'

 또 문자가 왔다. 사진과 함께였다. 내 엉덩이에 쥐 꼬리가 달린 사진이었다. 메시지 보관함에 저장해 두었다. 이제 마음만 먹으면 보낸 사람이 누군지 찾아낼 수 있다.

 아무리 신경 쓰지 않으려 해도 몸에서 힘이 빠져나가는 건 어쩔 수 없었다. 내가 대체 무슨 잘못을 했을까? 내가 아이들한테 못되게 군 것도, 무엇을 달라고 한 것도 아니었다. 놀림감이 될까 봐 무료 급식도 신청하지 않았다. '공짜맨'이라고 불리는 우리 반 남자아이를 본 다음, 한부모 가정이라고 거저 주다시피 하는 혜택도 일부러 피했다. 그래서 나는 아이들의 눈에 띄지 않았다.

그런데 어느 날 아이들은 말없이 혼자 노는 내게 와르르 몰려와서는 비행기를 태우더니 금세 얼굴을 바꿔 못살게 굴기 시작했다. 바르르 치밀어 오르던 화는 시간이 흐르자 꺼져 들었다. 하지만 나는 이제 어디에서 뭘 해도 괴롭겠구나 하는 생각이 끈덕지게 들러붙었다.

여태까지 나는 누구와 온전히 함께 시간을 보내거나 마음을 주고받은 적이 없는 것 같다. 집에서 엄마와 함께 살지만 이미 엄마는 뮤지컬에 영혼을 뺏겼다. 학교에서는 반 아이들과 함께 지내지만 그 애들은 나를 그림자 취급을 한다. 눈앞에서 알짱대면 눈꼴이 사납지만 없어져도 전혀 상관없는 그런 존재로 대한다.

책상 서랍에서 모래시계를 꺼냈다. 한솔이가 좋은 친구 사이가 되자며 준 선물이다. 학교에 가져가서 돌려줘야겠다. 그럼 내 마음이 정리될 수도 있을 것 같았다. 드라마를 보면 남자와 여자가 사귀다가 헤어질 땐 받은 선물을 돌려주며 '그동안 즐거웠어. 행복해라.' 하던데 나도 그래야 할 것 같았다. 내가 한솔이와 현지한테 '그동안 즐거웠어. 행복해라.'라고 말하면 아이들은 뭐라고 대꾸할까?

모래시계를 책상에 올려 두었다. 모래는 또 일정 속도로 소르르 떨어졌다.

엄마는 마음이 답답할 때마다 수미 이모한테 전화를 걸었다. 그러면 수미 이모는 엄마의 말을 끝까지 들어 주었다. 엄마의 고민을 다 들은 수미 이모는 금세 시원하게 해답을 주기도 했고, 바리바리 음식을 싸 들고 와서 엄마의 화를 풀어 주기도 했다. 나도 엄마처럼 누군가에게 속내를 털어놓고 싶었다.

'엄마한테 말할까? 애들 때문에 힘들다고 털어놓을까? 아냐, 아냐, 괜히 못난 생각한다고 야단할걸. 게다가 엄마도 지금 말은 안 해도 힘들 거야. 아냐, 엄마한텐 내가 더 중요할 거야, 그러니까……'

갈팡질팡하고 있을 때였다. 현관문이 털커덕 열리더니

엄마의 흥분된 목소리가 집 안에 가득 찼다.

"우리야, 우리야! 됐어, 됐어! 됐다니까."

나는 이유를 몰라 어리둥절했다.

"우리야, 엄마가 「대머리 여순경」의 주연을 맡았다고!"

엄마가 아이처럼 주먹을 흔들며 웃었다. 콩콩콩 뛰기도 했다.

"그래?"

엄마는 무턱대고 나를 바짝 끌어안았다.

"봐, 엄마가 꼭 해낼 거라고 했잖아."

나는 엄마 손을 떼어 내며 심드렁하게 대꾸했다.

"이거 놔 봐. 언제부턴데? 극장은 어디야?"

"다음 달 말에 시작해. 그리고 대전, 지방 공연이야."

대전? 지방 공연이라고? 김이 팍 샜다. 팽팽했던 풍선에서 갑자기 바람이 빠져나가는 것 같았다. 우그러드는 풍선 거죽처럼 내 얼굴은 금세 생기를 잃었다. 엄마는 지방에 나는 서울에, 더욱 철저히 외톨이가 되는구나 싶었다.

엄마가 나를 보더니 어깨에 손을 얹었다.

"우리야, 미안해. 엄마 없을 때 수미 이모랑 있으면 될 거야. 이번 기회를 놓치면 절대 안 될 것 같아서 그래."

"알았어, 언제는 안 그랬어? 새삼스럽게……."

마음껏 빈정거려 주고 싶었다. 하지만 그것도 어려운 일인지 뒷말이 생각나지 않았다. 엄마는 그것도 모르고 '딸, 고마워.'를 되풀이했다.

퍼뜩 이때를 놓치지 말아야 한다는 생각이 들었다. 나는 침을 꿀꺽 삼키고는 물었다.

"엄마, 나 학교 안 다니면 안 될까?"

엄마의 눈이 뚱그레졌다.

"무, 무슨 소리야? 왜 그래? 무슨 일 있어? 학교 안 다니면 뭐할 건데?"

엄마는 한꺼번에 여러 가지 질문을 쏟아 놓았다.

"학교가 싫어. 애들도 싫고, 학교 공부를 집에서 하면 안 될까? 검정고시도 있으니까……."

"안 돼!"

"왜 안 되는데?"

"아무튼 안 돼! 말이 되는 소릴 해야지. 최종 학력 중학교 중퇴가 뭐야? 하이고, 참……."

"왜, 왜, 왜 안 되냐고?"

눈물과 울음소리가 동시에 왈칵 쏟아졌다. 보나 마나 내가 집에 있으면 귀찮을까 봐 그러는 걸 거다. 엄마는 자기밖에 모르니까, 난 안중에도 없으니까. 고장 난 수도꼭지처럼 눈물이 똑똑 떨어졌다.

한숨을 쉬긴 했지만 엄마는 그다지 크게 생각하는 것 같진 않았다. 괜히 한번 부려 보는 딸의 앙탈쯤으로 보는 것 같아 야속했다.

조금 이따가 '딸, 뭐 먹고 싶어?' 하며 어물쩍 넘어가려고 했다. 눈치라곤 피라미 지느러미만큼도 찾아볼 수 없는 엄마는 내가 지금 간절히 원하는 게 뭔지 진짜 모른다. 꼭꼭 닫힌 내 마음의 열쇠를 쥐고 있으면서도 그걸 모르고 있다. 조금만 눈여겨보면 알 수 있을 텐데…….

엄마는 여전히 분주했다. 대본 연습을 하거나 전화기를 붙들고 있었다. 엄마가 중얼대는 소리를 우리 집의 배경

음악쯤으로 여긴 지도 오래되었다.

"우리야, 나가자. 지난번에 만났던 나무 아줌마 생각나지? 인터뷰하겠대."

나무 아줌마는 사람들한테 공짜로 나눠 주는 '거리신문'의 기자라고 한다.

"나가기 싫어. 그냥 집에 있을래."

"나가자. 응? 나무 아줌마가 너 꼭 데리고 나오래서 알았다고 했어. 지나도 데리고 온댔어."

엄마한테 들러붙어서 쉴 새 없이 옹알거리던 그 아이? 버럭 짜증이 났다.

"왜 엄마 맘대로 해? 난 나가기 싫어. 날 좀 내버려 두란 말이야. 학교도 집도 다 귀찮고 지겨워 죽겠어!"

엄마가 나를 쳐다봤다. 말 나온 김에 엄마한테 확 다 말해 버릴까 생각했다. 아이들이 날 못살게 군다고, 따돌리는 거 혼자서 참아 봤는데 안 되겠으니 엄마가 날 좀 도와 달라고 솔직하게 말할까 했다. 엄마가 '너 학교에서 무슨 일 있었어?'라고 한마디만 더 물으면 쏟아 낼 참이었다.

하지만 엄마는 그냥 물끄러미 내 얼굴만 바라보고 있었다.

"아, 아냐, 아무것도."

내 말이 떨어지기가 무섭게 엄마는 내 손을 잡고서 우리 딸이 사춘기라서 그래, 했다. 엄마는 '사춘기'라는 단어 하나에 내 모든 것을 뭉뚱그려 넣었다. 내가 밥을 잘 안 먹은 것도, 우울한 것도, 음악을 크게 틀어 놓는 것도 사춘기에 나타나는 징후라고 했다. 따지고 보면 틀린 말은 아니겠지만 그래도 듣기 싫다. '사춘기'라는 말의 더께를 한 번만이라도 젖혀 보면 모든 게 보일 텐데.

엄마는 나가서 맛있는 것도 먹고 인터뷰도 하고 오자고 했다. 말만 하면 뭐든 다 사 줄 것처럼 지갑을 흔들기도 했다. 나는 하는 수 없이 툴툴거리며 엄마를 따라갔다.

오늘도 나무 아줌마 모녀가 먼저 와 있었다. 엄마와 나무 아줌마는 두 손을 맞잡으며 인사를 했다. 어찌나 반가워하는지 덥석 껴안기라도 할 기세였다. 며칠 전에 봤으면서도 그간의 안부를 물었다. 지나는 옆에서 엄마의 외투 자락을 잡고 있었다. 징징거리다가 옹알거리는 것도 여전

했다. 내가 옛날이야기에 나오는 왕이라면 옹알공주로 임명했을 것이다.

"엄마, 물 줘."

"엄마, 배고파."

"엄마, 화장실."

"엄마, 더워."

입 밖에 내는 소리의 반절은 '엄마'였다.

밥을 먹고 난 다음에 어른들은 지나와 나를 남겨 두고 나갔다. 뒤늦게 사진기자가 와서 사진을 찍으러 밖으로 나간 것이다.

"엄마, 빨리 와야 해. 아빠 만나는 날인 거 알지?"

나무 아줌마는 "알았어, 공주!"라고 말하며 엄마와 함께 나갔다.

엄마 옆에 껌처럼 들러붙어 있다가 홀로 남겨진 지나는 뜻밖에 아무렇지도 않았다.

"지나야?"

내가 아이의 이름을 부른 건 처음이었다.

"아빠 만나러 가?"

지나가 끄덕거리더니 아무렇지도 않게 말을 이었다.

"엄마 아빠가 따로따로 살아. 오늘은 내가 아빠한테 가는 날이야."

"그래? 너도 아빠 보고 싶을 때가 있겠구나?"

말을 뱉고 나자, 내 마음이 휑해지는 느낌이었다.

"음, 그럴 땐 아빠를 보듯이 엄마를 보면 돼. 아빠랑 있을 땐, 엄마를 보듯이 아빠를 보면 되고……. 그러면 엄마 아빠랑 함께 사는 거랑 똑같잖아. 히히."

지나의 말은 그럴듯했다. 엄마랑 있을 때 아빠 보고 싶다고 울고, 아빠랑 있을 때 엄마 보고 싶다고 울었더니 엄마 아빠 얼굴에 주름살만 생기더라고 했다. 그래서 엄마 앞에서는 세상에 엄마만 있는 것처럼, 아빠 앞에서는 세상에 아빠만 있는 것처럼 행동했더니 가는 데마다 웃음꽃이 피더라고 했다.

지나가 나보다 훨씬 똑똑한 것 같았다. 그럼 나는? 내가 어떻게 해야 엄마 얼굴에 웃음꽃이 필까? 내 엄마한테는 일만 있으면 될까? 그건 절대 아닐 거라는 생각이 들었다. 내가 듣거나 말거나 지나는 계속 말했다.

"언니, 아줌마들은 나한테 막 뭐라고 하거든. 엄마한테 징징거린다고. 그런데 난 엄마를 확인하는 거야. 만져 보고 말 시켜 보고, 엄마가 날 두고 도망 못 가게. 언니는 그럴 때 없었어?"

가만 생각해 보니 있었던 것 같기도 하다. 어린이집을 다닐 때였다. 잘 놀다가도 언뜻 엄마 얼굴이 스치기라도 하면 그때부터 울기 시작했다. 엄마는 내가 어디 아픈가 해서 이마에 손을 갖다 대고, 내 얼굴을 살폈다. 그런 엄마 손길이 좋았다. 엄마를 통째로 차지하는 느낌이 들었기 때문이다.

지나는 옹알공주의 별명이 무색할 만큼 쫑알쫑알 말도 잘했다. 쫑알공주라고 별명을 바꿔도 무방하겠다.

지나는 유치원 다닐 때 아빠랑 놀이 공원에 갔던 이야기를 해 주었다.

"내가 아이스크림을 먹고 있었어. 그때 아빠가 나를 번쩍 안아서 목말을 태우는 거야. 근데 아이스크림이 녹은 거야. 아빠 얼굴에 떨어졌는데 아빠가 뭐라 그랬게? '어서 가자, 눈 온다.' 하는 거야. 히히히."

지나를 따라 헤헤 웃고 났는데, 부럽다는 생각이 들었다. 가끔은 아빠를 볼 수 있다니 얼마나 좋을까? 이젠 부모가 이혼한 애마저도 부럽다.

지나와 수다를 떨고 있는 사이에 나무 아줌마가 들어왔다. 뒤따라 들어올 줄 알았던 엄마는 소식이 없었다. 내 눈길이 식당 문 주변을 훑자, 나무 아줌마가 말했다.

"통화 중이셔. 끝나면 들어오실 거야."

나무 아줌마가 자리에 앉자, 지나는 뺨을 부비고 뽀뽀를 하고 야단이었다. 내가 엄마와 뺨을 부빈 게 언제였던가 싶었다. 엄마가 내 몸을 만지려 하면 기겁을 하고 도망을 가곤 했다. 나무 아줌마와 지나의 모습이 좋아 보였다.

나무 아줌마가 내게 꿈을 물어 왔다.

"아직은 못 정했어요. 기자도 되고 싶고, 작가도 되고 싶은데 배우는 절대 안 될 거예요. 무슨 일이 있어도……."

나무 아줌마가 웃었다.

"딸들은 모두 엄마처럼 살지 않을 거라고 하더라. 호호호."

아줌마는 대학 다닐 때부터 희곡을 쓰고 싶었다고 했다. 그래서 자신의 젊은 날을 대학로에서 다 보낸 것 같다고. 그때 거리에서 공연을 하는 엄마를 봤다고 했다. 열정으로 가득 찬 표정과 연기 때문에 무대 위에 있는 배우들 중에 엄마가 제일 커 보였다고 했다.

"그때 내가 먼저 친해지자고 했어야 하는데, 그럼 더 빨리 만났을 텐데……."

나무 아줌마는 이제라도 친해졌으니 서로 사이좋게 지냈으면 좋겠다고 했다.

얼마나 시간이 흘렀을까?

엄마는 터벅터벅 걸어와 자리에 앉았다. 먹구름이 자욱한 하늘처럼 수심이 가득한 얼굴이었다. 눈동자도 반질반질했다. 엄마는 물을 들이키더니 컵을 내려놓고 한숨을 쉬었다.

"엄마, 언제 가? 아빠 만나러 가자."

지나가 옆에서 징징거리자, 나무 아줌마가 손가락을 입술에 대고 '쉿!' 했다. 엄마의 눈빛이 막막했다. 내가 열 감기를 앓을 때도, 엄마가 경찰서에 끌려갔을 때에도 저렇게 힘겨워 보이지는 않았는데 심상치 않았다.

엄마는 나를 지그시 바라보았다. 입술을 딸싹거리려다가 그만두고는 일어섰다.

"오늘은 피곤해서 이만 들어가야겠어요."

"네, 저희도 가야 해요."

나는 허둥지둥 외투를 걸치고 엄마를 뒤따랐다.

대한민국 뮤지컬 배우 봉선영입니다

| 로그 | 메일 | BGM앨범 | | 메모 | 태그 | 방명록 |

(bongstar★)

**뮤지컬 황진이 화이팅!
봉선영 화이팅!!**

☆ 나의 이야기 ☆

☆ 여러분의 공간 ☆

☆ 뮤지컬 음악 ☆

☆ 공연 소식 ☆

☆ 공연 사진 ☆

검색

희망

전체 목록 (308)

왕따라니

내 아이가 왕따를 당하고 있단다.

왕따.

모자라고 영악한 아이들이나 당하는 것이라 생각했던 나의 편견과 무지가 한순간에 무너져 버렸다.

똑똑하고 야무지고 착한 내 아이와는 전혀 상관없는 일이라고 여겼기에, 뉴스나 드라마에서 나오는 것쯤으로 생각했던 나의 이기와 오만이 한순간에 드러나고 말았다.

마음 같아서는 당장이라도 학교로 달려가 '도대체 왜? 너희들이 뭔데? 내 아이가 어디가 어때서? 무슨 잘못을 했는데?'라며 아이의 친구들을 한데 모아 놓고 항변이라도 하고 싶고, 그들의 부모를 찾아가 도대체 애들 교육을 어떻게 시켰기에 친구를 따돌리는 못된 짓을 하느냐며 삿대질이라도 하고 싶었지만, 그럴 수가 없었다. 내가 내 아이를 가장 많이 아프게 했다는 사실을 깨달았기 때문에, 시퍼렇게 멍이 들었을 아이의 가슴을 생각하니 내 심장이 오그라드는 것 같다.

엄마가 힘들 줄 알고, 그동안 큰 병치레 한 번 하지 않고 건강하게 잘 자라 준 내 아이.

난 그런 내 아이가 당연하다고 생각했다.

엄마의 꿈을 펼치라고 그동안 말썽 한 번 피우지 않고, 고집도 부리지 않고 온순하게 잘 자라 준 내 아이.

난 그런 내 아이가 당연하다고 생각했다.

엄마 외롭지 말라고 그동안 나의 곁에서 친구가 되어 주고, 때로는 남편이 되어 주고, 연인이 되어 준 내 아이.

난 그런 내 아이가 당연하다고 생각했다.

그런데 돌아보니 그건 당연한 게 아니었다.

내 아이가 건강하고 착하게 잘 자라 준 게 당연한 게 아니었다. 그건 내 아이의 노력이었고 인내였고 아픔이었다. 그리고 외로움이었다.

그런데 난 그것을 몰랐다.

왕따를 당하고 있는 아이의 고통을 통해 비로소 깨닫게 된 나의 잘못이었다.

잘못했다면 되돌려야 한다.

하지만 난 여전히 이기적이고 못된 엄마.

아이가 고통을 당하고 있다는 사실을 알면서도, 마음 한구석으로는 곧 다가올 공연을 걱정하고 있다.

아이의 곁에서 잘못된 것을 잡아야 할 것인가, 아니면 어렵게 얻어낸 공연의 기회를 잡아야 할 것인가.

나의 딸로 태어난 아이에게 미안하다. 정말 미안하다.

댓글 5개 ▼ | 관련 글 보기

숨

언니, 속상해 죽겠어. 어떡하지? 그 애들을 내가 잡아서 혼내 줄까?

부녀회장

우리 동네도 이놈의 왕따가 문제예요, 문제!

나무

사랑하는 사람들끼리는 미안하단 말을 하지 않는다는 건 다 거짓말이에요.

사랑하면 당연히 미안한 거예요. 더 많이 사랑해 주지 못해서. 우리도 그 마음 다 알 거예요.

┗ **전단지 맨** 💧💧

나무 님, 정말 그래여?

번개 ⛈

걔네들, 번개반점으로 다 델꼬 오이소. 얼라나 어른이나 다 멕이면 된다 아입니꺼. 걱정 마이소, 아~들은 다 그라믄서 큰다 아입니꺼.

세상에서 가장 아름다운 공연

 축제 날 아침 일찍부터 엄마는 부산을 떨었다. 큰 가방을 쌌다 끌렀다를 몇 번 하고, 의상을 맞춰 보더니 공연하러 간다며 집을 나섰다. 특별 공연이 있다고 했다. 가끔 학생들 단체 관람 의뢰가 들어올 때면 오전 특별 공연을 했다. 엄마가 동네 가까이에서 공연을 하는지 이따 학교 축제를 보러 오겠다고 해서 나는 바쁘면 안 와도 된다고 말했다. 하지만 엄마는 갈 거라고 했다. 한편으로는 그 말이 반가웠다. 오늘만큼은 혼자 점심을 먹지 않아도 되겠다는 생각에서였다.

중학교에 들어와 달라진 것 중 하나는 점심시간의 의미였다. 모든 아이들은 급식을 먹는 짧은 시간에 하루를, 한 주를, 한 달을 걸었다. 그리고 마지막으로 자존심을 걸었다. 누가 시킨 것도 아닌데 아이들은 점심시간을 배를 채워야 하는 생물학적 용도의 시간으로 쓰기보다는 누구랑 단짝이냐 아니냐, 밥을 함께 먹을 정도의 친구를 가졌느냐 못 가졌느냐 하는 친구 사이 유대감의 강약을 측정하는 도구로 썼던 것이다. 담임이 점심시간에 슬쩍 와서 교실 안을 훑는 것도 다 이것을 알기 때문이다.

한 덩어리로 섞이지 못하고 혼자 섬처럼 떠도는 나 같은 아이들을 쉽게 가려낼 수 있기에(담임의 이런 학생 지도 노하우 덕에 우리 반에서 나처럼 혼자 밥 먹는 아이들 중 몇은 축제에 참여하게 되었다. 나는 자작시 낭송에, 진철이와 경희는 풍물패에, 소명이는 시화전 안내에).

이렇게 암묵적으로 흐르는 점심시간의 의미를 알기에 혼자서 밥을 먹어야 할 상황인 아이들은 차라리 굶기도 했다. 하지만 나는 그 정도로 예민하진 않았다. 1학년 6반 교실에 머무르는 아이들은 내게 급우 이상의 의미를 갖지 않았기 때문에 내가 받아들여야 할 상처나 공허함은 없었다. 요 며칠만 빼고는 그랬다. 학교가 세상에서 존재하는 가장 고독한 공간이라는 생각이 들어서, 사실 요즘은 두렵다.

얼마 전에 이상한 꿈을 꾸었다. 나는 꼬맹이 초등학생이었다. 학예회를 하는데 내 차례가 되자 객석에 앉아 있던 사람들이 일제히 서서 나가 버리는 것이었다. 시 낭송을 하다가 울음을 터뜨렸다. 그랬더니 아이들이 다시 들어와 야유를 퍼부었다. 손가락질을 하고 약을 올렸다. 심지어는 주먹을 휘두르기도 했다. 섬뜩했다. 개꿈일 거라고 스스로 마음을 다독여 보았지만 한쪽 가슴이 쿡쿡 찔려 오는 건 어쩔 수 없었다.

축제 날이라 교복 대신 사복을 입고 학교에 갔다. 가을볕을 받는 은행잎과 단풍잎이 고왔다. 엄마는 낙엽 거리를 걸을 때마다 이렇게 말했다.

"우리야, 아름답지? 세상이 온통 무대 같아."

내가 태어나기도 전부터 거리 공연을 했다는 엄마가 가

진 무대는 끝이 없었다. 뮤지컬 「황진이」라는 엄청난 무대가 주어졌는데도 실수로 놓쳐 버린 엄마의 앞으로의 무대는 과연 얼마나 클까?

꼬리에 꼬리를 물고 일어나는 생각 속에서 거북이걸음으로 막 교문을 들어섰을 때였다. 사람들이 운동장에 우르르 모여 한쪽 방향을 바라보고 있었다. 그들의 시선 끝에는 간이 무대가 있었다. 축제나 행사 날에 빨간 뾰족 모자를 쓴 피에로가 묘기를 부리고, 합창단이 노래를 부르고, 야외 연주회가 열리던 그곳에 누군가가 있었다.

공연을 하고 있는 것 같았다. 누굴까? 누군데 여기서 연극을 할까? 남자 배우일까, 여자 배우일까? 나는 그쪽으로 걸어갔다. 배우 한 사람만 나와서 하는 독백극이었다. 무대 옆에 어설프게 세워진 널빤지에 연극 제목이 붙어 있었다.

:⋯⋯⋯⋯⋯⋯⋯⋯⋯⋯⋯⋯⋯⋯⋯⋯⋯⋯⋯:
: 세렝게티의 눈물 - 왕따의 변(辯) :
:⋯⋯⋯⋯⋯⋯⋯⋯⋯⋯⋯⋯⋯⋯⋯⋯⋯⋯⋯:

왕따라는 단어가 가슴을 쿵 쳤지만 고개를 숙이지 않

았다. 오히려 가면을 쓴 배우의 동작 하나하나를 놓치지 않으려고 집중했다. 연극은 교실 안에서 벌어진 일에 관한 이야기였다.

주인공 소녀에게 아이들의 선물이 이어졌다. 과자와 머리핀과 수첩 그리고 모래시계가 소녀 앞에 놓였다. 수줍게 웃는 소녀에게 아이들은 손뼉을 쳐 주고, 손을 내밀었다.
배경음악이 흘렀다.

넌 우리와 달라, 대단하구나!
넌 우리와 달라, 매력적이야!
넌 우리와 달라, 친하게 지내자!

아이들은 우연히 주인공 소녀에 대해 알게 되었다. 특별할 것도, 대단할 것도 없는 보통 아이였다. 소녀를 치켜세우던 손들이 금세 비난의 손으로 바뀌었다.
또 배경음악이 흘렀다.

넌 우리와 달라, 얄미워 죽겠어!

넌 우리와 달라, 고개를 숙여!

넌 우리와 달라, 무릎을 꿇으란 말이야!

오스스 소름이 돋았다. 거친 몸동작과 부드러운 노래가 한데 어우러져 마음에 와 닿기도 전에 뭔가 마음에 걸리는 게 있었다. 저건 분명 내 이야기였다. 누가 나를, 아니 내 고통을 이렇게 잘 알고 있을까? 내 눈길은 상징적인 의상을 입고 가면을 쓴 배우를 끈덕지게 쫓고 있었다. 배우는 여전히 관객들의 넋을 쏙 빼놓는 중이었다.

연극에서는 주인공 소녀가 너울너울 춤을 추다가 싸늘한 기운에 휩싸여 구석으로 파고드는 장면이 있었다. 조금 다르다는 이유로 따돌림을 당하던 소녀가 어깨를 들썩이며 울음을 터뜨렸다. 그러다가 주먹질과 발길질에 몸을 오그리며 비명을 질러 댔다.

보고 있던 아이들도 연극에 푹 빠져들었다. 흥겨운 대목에서는 박수를 쳤지만, 연극 주인공이 폭력 앞에 고통받는 대목에서는 '어머, 어머!' 하며 놀라기도 했다. 뒷줄에 서 있던 몇몇 아이들은 휴대 전화를 들이대며 촬영 버튼을 꾹꾹 눌러 대기도 했다.

찔끔 눈물이 났다. 아이들의 매서운 눈초리와 종주먹 앞에서 쪼그라드는 내 마음 그대로였다.

"아이들은 내 진짜 얼굴을 봐 주질 않아. 나도 아이들과 똑같은데. 나도 아이들과 어울려 놀고 싶은데. 자꾸만 내게 가면을 씌워. 내가 웃으면 비웃는다고 때려. 내가 말하면 잘난 체한다고 흉을 봐. 내가 칭찬을 해 주면 놀린다고 말해. 내가 너희들에게 어떡해야 하니?"

마지막 대사가 끝나자마자 아이들이 박수를 쳤다. 박수 소리는 점점 더 크게 났다. 어떤 아이는 휘파람을 불었다. 하지만 나는 박수를 칠 수도 휘파람을 불 수도 없었다.

'저 목소리는, 귀에 익은 저 목소리는······.'

나는 얼음 동상처럼 우두커니 서 있었다.

박수 소리가 잦아질 즈음, 배우가 관객들을 둘러보더니 가면을 벗었다. 가면 뒤에서 하얀 얼굴이 쏙 나왔다. 엄마였다. 박수 소리가 또 터졌다. '와아!' 하며 감탄하는 아이들도 있었다. 아까보다 내 가슴이 더 크게 둥둥거렸다.

엄마가 입을 열었다.

"나에겐 딸이 하나 있습니다. 내 모든 걸 다 줘도 아깝지 않을 아이입니다. 아이는 아빠 없이 자랐지만 한 번도 불만을 말하지 않았습니다. 배우 엄마, 바쁜 엄마를 두고도 한 번도 불평하지 않았습니다. 밝게 자라 주는 아이가 늘 고마웠습니다. 그러던 아이가 요즘 힘들어합니다. 친구들의 시선이 두렵다고 합니다. '나와 조금 다르다는 것'이 무슨 큰 잘못이라도 되는 양 몰아붙이는 친구들과 어울리기 힘들다고 합니다. 여러분, 여러분이 무심코 던진 말 한마디로 심장에 멍이 드는 친구가 있다는 걸 기억해 주세요. 여러분이 하찮게 여기는 친구 한 명이 엄마에게는 눈에 넣어도 아프지 않을 소중한 자식이라는 걸 잊지 말아 주세요. 이 연극은 오직 내 딸아이만의 이야기가 아닙니다. 우리 모두의 이야깁니다. 자, 지금까지 보여 드린 연극이 여러분에게 잠깐 생각할 거리라도 되었길 바랍니다."

가슴이 먹먹해졌다.

'엄마가, 내 엄마가 나를 위해 무대에 섰다. 순전히 나를 위해서…….'

누군가 다시 박수를 치기 시작했다. 박수 소리는 물결처럼 퍼져 갔다. 눈물을 훔치는 어른들도 있었다. 박수 소리가 조금씩 잦아들 때 나는 고개를 돌렸다. 저만치 한솔이와 현지, 지영이가 보였다. 셋은 말없이 땅바닥을 내려다보고 있었다.

나는 무대에서 내려오는 엄마한테 다가갔다.

"어, 우리 딸!"

엄마가 반색을 했다. 주변에 사람들이 많아서 나는 조그맣게 한마디 내뱉었다.

"엄마도 참……."

엄마가 내 어깨를 감싸 안았다. 울컥했다. 하지만 눈에 힘을 주어 눈물을 꿀꺽 참아 냈다. 그랬더니 '고마워, 엄마!' 라는 가슴속에서 생겨난 말이 목구멍을 타 보지도 못하고 포르르 사그라져 버렸다.

엄마와 나는 손을 잡고 대강당으로 갔다. 조금 뒤에 축제가 열리는 곳이었다. 무대에는 '평성중학교 대축제'라는 현수막이 걸려 있었다. 별 모양, 달 모양, 꽃 모양의 풍선들이 유치했지만 나름 분위기를 띄웠다.

학생들이 앞자리에 앉자, 어른들은 뒤쪽에 자리를 잡았다. 강당 안이 시끌벅적했다. 아까 연극을 본 사람들이 엄마를 보고 알은체했다.

"봉우리 엄마래."

"난 알고 있었어. 넌 몰랐어?"

"좋은 공연 잘 봤습니다."

엄마는 눈웃음을 지었다. 나는 강당 안의 누구보다도 더 뿌듯했다. 엄마가 이렇게 자랑스럽긴 처음이었다.

잠시 후, 3학년 사회자가 축제의 시작을 알렸다. 맨 처음 순서로는 래퍼의 무대였다. 3학년 남자 선배가 한창 노래를 하다가 가사를 까먹어 춤으로 대신했다. 와아아 하고 관객들이 웃었다. 금방이라도 흘러내릴 것처럼 골반에 걸쳐진 바지가 불안하기만 했다. 하지만 남자 선배는 신나게

춤을 추었다.

사람들이 환호하는 무대를 보면서도 나는 집중할 수 없었다. 자작시를 적은 종이만 만지작거렸다. 아무래도 바꿔야 할 것 같았다. 나는 힐끔 시를 펴 보았다.

지금 이 길은

비 오는 날
나는 스스로 우산이 되어야 했다.

눈 오는 날
혼자
눈덩이를 굴리고 굴려
동그라미 두 개를 만들어야 했다.

엄마가 있지만 엄마가 없는 나,
아빠가 없지만 늘 아빠가 보고 싶은 나

그렇게 내 어린 날은 지나갔다

지금 이 길을 혼자서 걸어간다
뚜벅뚜벅
그 길 위에
오래전 내가 만든 눈사람이
눈물인지 빗물인지
흘리고 있다

우산을 펴야겠다.

 아무리 봐도 이건 아니었다. 시를 듣고 나를 이상한 눈빛으로 볼 아이들과 선생님이 떠올랐다. 나는 슬쩍 밖으로 빠져나와 건물 모퉁이에 쭈그리고 앉아 시를 다시 쓰기 시작했다. 지나가던 아이들이 힐끗힐끗 보았지만 신경 쓸 새가 없었다. 엄마가 무대에서 내게 사랑을 고백했듯이 나도 고백하고 싶었다. 사랑한다고. 비록 가끔은 혹처럼 들러붙어서 힘들게 하는 딸이지만 엄마를 세상에서 가장 사랑하는 딸이기도 하다고, 꼭 말해 주고 싶었다.

한 자 한 자 꾹꾹 눌러 써 내려갔다.

바이올린 연주와 합창, 콩트가 끝나고 나서 드디어 내 순서가 되었다.

무대 앞으로 나가는데 엄마가 나를 보고 파이팅을 했다. 나도 모르게 주먹에 힘이 들어갔다.

나는 시가 적힌 종이를 폈다. 조금 후들거리던 다리는 시간이 지나자 곧 괜찮아졌다. 엄마한테 말하듯이 자연스럽게 입술을 뗐다.

바람의 노래

나는 엄마에게
지워지지 않는 낙인이다
작아졌으면 하는데
사라졌으면 하는데

죽순처럼 자라서 가슴 하나를
다 덮어 버렸다

엄마도 내게
지워지지 않는 낙인이다

바람 술렁이는 대숲
그 숲을 움켜쥔 뿌리처럼
뽑히지 않는 낙인이 되었다.

대숲으로 바람이 분다
엄마가 부르는 노래처럼 휘청거리는
내가 부르는 노래처럼 서툰 바람이
함께 섞여 일렁인다.

바람이 대숲을 흔든다
파드닥파드닥 숲이 깨어난다.

마지막 말 '숲이 깨어난다'를 내뱉고 나서 엄마를 바라보았다. 엄마는 고개를 끄덕이며 웃었다. 짝짝짝, 박수가 터졌다. 한 박자 느리게 엄마가 박수를 쳤다. 엄마는 빨개진 코끝과 안 어울리게 정말 활짝 웃었다. 나는 입술을 꾹 다물고는 무대를 벗어났다. 난 객석으로 들어가 엄마 옆에 꼭 붙어 앉았다.

어떤 아줌마가 엄마의 옷소매를 잡으며 "얼마나 좋으세요? 저런 딸 두셔서……."라고 했다. 가슴이 뻐근해져 왔다.

"다음 순서로는 패러디 「안티고네」 공연이 있겠습니다."

사회자의 말이 떨어지자마자 복도에서 대기하고 있던 아이들이 앞문을 열고 들어와 무대에 올랐다. 하이몬, 크레온, 폴리네이케스, 에테오클레스가 나왔다. 그런데 주인공 안티고네가 안 보였다.

"안티고네 어딨어? 한솔이 말이야. 안티고네!"

"몰라. 아까 운동장에선 봤는데……."

"뭐 이래?"

아이들이 웅성거렸다. 사회자가 나서고, 선생님이 나서고, 한솔이 엄마가 찾았지만 한솔이는 끝내 나타나지 않았다. 아까 엄마의 공연을 보고 난 뒤, 고개를 푹 숙이던 한솔이의 모습이 머릿속에서 지워지지 않았다.

대한민국 뮤지컬 배우 봉선영입니다

로그 | 메일 | BGM앨범   메모 | 태그 | 방명록

(bongstar★)

**뮤지컬 황진이 화이팅!
봉선영 화이팅!!**

☆ 나의 이야기 ☆

☆ 여러분의 공간 ☆

☆ 뮤지컬 음악 ☆

☆ 공연 소식 ☆

☆ 공연 사진 ☆

검색

희망

전체 목록 (309)

사랑하는 내 딸에게

겨우 이름 한 번 불러 보는 것만으로도 가슴이 벅차오르는, 내 사랑하는 딸, 봉우리.
오늘 아침엔 아주 오랜만에 앨범을 들여다보았단다.
너의 어릴 적 사진들을 보며 웃다가 갑자기 울컥했어.
우리 딸이 어느새 이렇게 컸을까?
감사하고 또 감사했지.
문방구에서 파는 장난감 신발을 신던 네가 이젠 엄마 키만큼이나 자랐구나.
고마워, 우리 딸! 너처럼 고운 아이가 내 딸로 태어나 줘서…….

아마 네가 다섯 살 때였을 거야.
갈래머리를 땋은 귀여운 널 데리고 성당에 갔는데 내

가 한눈파는 사이, 네가 조심조심 발소리를 죽이며 앞으로 걸어 나가는 거야. 엄마는 어리둥절했지.

년 십자가에 못 박힌 예수님 상을 보며 손나팔을 만들어서 말했지.

"예수님, 팔 아프죠? 내려와요. 내가 여기서 기다릴게요."

천사의 모습이 이럴까, 천국의 풍경이 이럴까 싶었어.

다섯 살 난 네 눈에 비친 세상은 '아프다'와 '보듬다'로 나뉘어 있었던 거야.

아픈 이를 보듬어 주는 게 당연한 것처럼.

이렇게 넌 별나게도 인정 많은 아이였지.

그래서 엄마가 가장 힘들었을 때도 네가 나를 그렇게 다독여 주었나 봐.

하루에 열 시간 이상 공연 연습하느라 파김치가 된 내 얼굴을 쓰다듬으며, "하느님, 이렇게 예쁜 엄마를 제게 주셔서 감사합니다." 했던 우리 딸.

일 년 동안 쓴 시를 차곡차곡 모아 만든 시집을 내게 선물했던 우리 딸.

우리야, 네가 있는 내 삶은 통째로가 선물이란다.

우리야, 덜렁이 엄마를 둔 탓에 네가 스스로 채워야 할 부분이 많았지? 내가 미혼모라서 네가 스스로 삼켜야 할 아픔이 많았지?

얼마 전에 네가 그랬지. 엄마는 절대 아프지 말아야 한다고……. 엄마에, 아빠 역할까지 해야 하니까 절대 아프면 안 된다고.

그 말을 듣고 정말 미안했어.

엄마한테 실컷 앙탈을 부려도 좋으련만 혹여 엄마가 마음 쓸까 봐 많은 걸 참은 너이기에 더욱 미안했단다. 하지만 내 딸은, 내 딸 우리는 어려움도 꿋꿋하게 이겨 내리라 믿어.

엄마가 널 사랑한다는 걸 알고 우리가 서로를 따뜻한 눈으로 바라보는 이상 넌 좋은 사람으로 커 가겠지.

우리야, 마지막으로 한마디만 할게.

엄마는 네가 내 딸이어서 고마워.

내가 네 엄마라서 미안할 때가 많지만 너에 대해 절대 변하지 않는 사랑을 가졌다는 걸 알아주렴.

난 널 낳아 키우며 정말 행복했고, 지금도 행복하단다.

그리고 앞으로도 너와 함께 영원히 행복할 거야.

댓글 5개 ▼　|　관련 글 보기

나무

선영 님은 정말 행복한 분이에요. 이렇게 이쁜 딸과 함께 끝없이 사랑의 대화를 주고받으시잖아요.

부녀회장 ✈

그러니 딸이 있어야 한다니까요.

전단지 맨 💧

공연 일정을 말해 주세여. 빨리여, 빨리!

번개 ⚡

선영 님, 첫 공연하는 날 제가에 맞난 짜장 팍팍 쏠낍니다. 두고 보이소.

숨

철없는 엄마와 속 깊은 딸이라~ ^^ 언닌 좋겠수.

나의 스타께 드리는 선물

 공연 날이 다가왔다. 그동안 엄마의 호들갑은 일정 주기로 계속되었고, 엄마 블로그를 왔다 갔다 하던 팬클럽 회원들까지 덩달아 바빠졌다. 응원해 주는 팬클럽 회원들 덕에 힘을 얻은 엄마는 하루 종일 연습하고도 힘든 줄 몰랐다. 그리고 쉬는 시간마다 짬짬이 블로그에 글을 썼다. 나도 마찬가지였다. 컴퓨터 모니터에 코를 박고 있는 시간이 많아졌다. 슬쩍슬쩍 훔쳐보는 것도 중독이 되는지 엄마 블로그에 자꾸 들어가고 싶어졌다. 요즘 들어 내가 블로그를 다녀간 걸 엄마가 아는 눈치다. 가끔 무슨 말을 하려다 말곤 했다. '인터넷 블로그 말이야, 아니야, 아니야.' 하며 고개를 짤짤 흔들 때는 귀엽기까지 했다.

학교 축제 이후, 많은 것들이 달라졌다. 나는 한솔이와 화해했다. 한솔이는 「세렝게티의 눈물-왕따의 변(辯)」이라는 엄마의 연극을 보고는 차마 「안티고네」 공연을 못 하겠더라고 했다. 입술을 씰룩거리더니 미안하다고 말문을 여는 한솔이의 손을 나는 덥석 잡을 뻔했다. 하지만 일단 끝까지 들어야 했으므로 꾹 참았다. 그랬더니 한솔이가 먼저 내 손을 잡았다.

다음 날, 현지도 내게 따로 전화를 걸어왔다. 우리 엄마 팬클럽이 있으면 들어오고 싶다고 했다. 나는 그러라고 했다. 팬클럽에 가입하는 것이 현지가 알고 있는 가장 큰 사랑 표현법인가 보다. 또 지영이가 내 자리 근처에서 머뭇거리는 걸 보고 내가 먼저 말을 걸었다.

한솔이는 현지, 지영이 그리고 내가 모인 자리에서 이제 서로 이해하는 좋은 친구 사이가 되자고 했다. 그 말을 듣는데 어찌나 쑥스럽던지 손발이 다 오그라드는 줄 알았다.

친구들은 모두 우리 엄마의 팬클럽에 가입했다. 그래서 갑자기 팬클럽 회원 수가 불어났다.

팬클럽 회원인 우리는 당연히 엄마의 공연장에도 함께 갔다. 용재에게도 함께 가자고 했지만 YMCA 연극반 수업 때문에 못 온다고 했다. 나는 엄마가 사 준 알록달록한 원피스를 입었다. 아이들이 '와우, 예쁜데.'라고 했다. 엄마의 공연을 볼 때만큼은 내 옷 중에서 가장 멋진 옷을 입고 싶었다.

뮤지컬 「황진이」 첫 공연을 하고 나서 사고를 치는 바람에 꽤 오랜만에 엄마가 공식 무대에 섰다. 내 가슴이 다 떨려 왔다. 하지만 객석은 썰렁했다. 관객이라고는 엄마의 팬클럽 회원들이 전부였다. 수미 이모, 나무 아줌마, 지나, 전단지 맨, 번개 아저씨, 부녀회장 아줌마 그리고 신입 회원인 나와 한솔이, 지영이, 현지, 이렇게 열 명이었다. 객석 맨 앞줄에 줄줄이 소시지처럼 앉은 우리는 서로가 민망해서 딴 곳을 봤다.

무대에 불이 들어오더니 연극이 시작되었다. 엄마는 어

느새 연극 속의 또 다른 사람이 되어 있었다. 장면마다 엄마한테서는 반짝반짝 빛이 났다.

"이 세상에 너처럼 뚱뚱한 여자들은 오후 여섯 시만 되면 싸돌아다니지 못하게 하는 법을 만들어야 해. 알았나? 여순경 너 말인데……."

그 대사를 듣고 부녀회장님이 움찔했다. 그러고는 불뚝 나온 배에 슬쩍 힘을 주었다. 정말 웃겼다. 또 슬픈 대목도 있었다.

"여순경, 바다를 보러 가자. 우리 청춘처럼 얽히고설켜 있지만 늘 살아서 꿈틀거리는 바다를 보러 가자. 그곳에서 우린 꿈을 풀어 놓는……."

엄마의 연기에 오싹 소름이 돋았다. 엄마는 관객을 웃겼다 울렸다 하면서 정신을 쏙 빼놓았다. 그것도 참 기막힌 재주다. 언젠가 엄마는 연기력이 좋다는 기자의 말에 웃으며 이렇게 말했다.

"그 재주 없었으면 밥값도 못하고 살았을걸요. 호호호."

나는 따라 웃지 못했다. 그때 엄마는 진실을 말하고 있었으니까.

연극이 끝나자, 엄마가 무대 앞으로 나와 인사를 했다.

우리는 감동에 젖은 얼굴로 스프링처럼 튕겨지듯 일어나 박수를 쳤다. 그러자고 미리 약속한 건 절대 아니었다. 그리고 목이 쉬도록 환호를 했다. 열 명이서 소극장 하나를 가득 채우기는 아주 쉬웠다.

"너희 엄마 정말 멋져."

'그래, 내 엄마가 멋지지.'

"넌 정말 좋겠다."

'그래, 좋지.'

"넌 행복하겠다."

'그래, 행복하지.'

엄마의 팬클럽 신입 회원들은 박수를 치는 동안에 진심을 말하고 있었다.

연극이 끝나자, 팬클럽 회원들은 번개 아저씨네 중국집에 간다고 했다. 맛있는 음식들을 잔뜩 먹을 것이다. 엄마는 술도 한잔할 것이다. 어차피 차도 없는데 기분 좋게 마시라고 해야겠다.

엄마 쪽으로 고개를 돌리자 엄마의 귀 끝에 매달린 황금별 귀고리가 눈에 크게 들어왔다. 번쩍거리는 황금빛이 고왔다. 그런데 귀고리가 매달린 귓불이 빨갛게 부어올라 있었다. 미안한 마음에 웃는데 엄마는 속도 모르고 따라 웃었다. 우리의 웃음이 공중에서 부딪혔다. 기분이 좋았다.

현지가 휴대 전화를 꺼내 자랑했다. 내가 박살 내는 바람에 마련한 최신형 스마트폰이었다. 음악은 물론 인터넷, 갖가지 정보 관리까지도 마음대로 된다고 했다.

"다 내 덕인 줄 알아라."

내 말을 들은 현지가 웃으며 말했다.

"그래 그래, 훌륭하다 훌륭해."

내 방 컴퓨터 앞에 앉아 여기저기를 클릭, 클릭하다가 깜짝 놀랐다. 인터넷에 엄마의 음주 운전 기사가 뜬 것이다. 하지만 다행히 인기 스타인 미노와 미스코리아 출신 배우 이선의 연애 기사에 가려 나같이 눈 좋은 사람만 볼 수 있을 듯했다. 갑자기 미노가 확 좋아졌다.

서울 중부지법은 2일 음주 운전 혐의로 불구속 기소된 뮤지컬 배우 봉선영 씨에게 벌금형과 사회봉사 120시간을 선고했다.

재판부는 판결문에서 '봉 씨는 연예인으로서 타인에게 모범을 보여야 함에도 불구하고 음주 운전으로 우리 사회에 물의를 일으켰으나 봉 씨가 자신의 행동을 깊이 반성하고 뮤지컬 출연 정지로 불이익을 받은 점 등을 감안해 집행 유예를 선고했다.'고 밝혔다.

봉 씨는 지난달 15일 서울 종로구 혜화 교차로에서 음주 운전 단속에 적발된 적이 있다.

내일 아침에는 엄마한테 해장국을 끓여 줄 것이다. 북어포와 콩나물을 듬뿍 넣어 시원한 맛을 낼 것이다. 그러고는 엄마 옆에서 많이 먹으라고 부추길 것이다. 그래야 사회봉사를 하는 동안 청소도 하고, 도배도 하고, 어려운 사람들을 도우면서 힘을 불끈불끈 낼 테니 말이다. 이것은 최고의 팬인 내가 나의 스타께 드리는 가장 정성스런 선물이다.

이 책에 옮겨 쓴 세 편의 노랫말 〈산다는 건 꽃과 같아〉, 〈권주가〉, 〈인생은 바다〉는 봄의환 님의 뮤지컬 「황진이」 대본에서 가져왔습니다.